나의 배후는 너다

· 시 읽어주는 위원장에서 시 가르치는 교사로

나의 배후는 너다

이수호 시집 · 도종환 해설

모멘토

차 례

제 1부 범어사를 아시나요

제 2부 어찌 너만 힘들겠느냐

제 3부 하늘이 교실로 내려온다

제 4부 나무가 묻는다

제 1 부

범어사를 아시나요

머리띠를 매며

빨간 머리띠를
그대 머리에 묶는다
내 머리칼 잘려 흩날리던 그날 아침
그대 그 눈물이
내 마음에 흐른다
너무도 강하고 부드러운
한 조각
천

머리띠는
때에 따라
참으로 아름답고 강하다
빨간 머리띠를 매고 발언대에 선 모습이 참 곱다
부드럽고 아름다운 것이
가장 강하고
힘차다

그리움의 힘

영화가 시작되기 전
사랑은 눈물을 준비하고
느릅나무 잎 지듯
별빛은 깔리고 있었다
누가 질투도 힘이라 했나
우주 공간에 펼쳐지는 그리움
삶의 순간마다
가슴 가득한 그리움
도망치려 몸부림칠수록
한밤의 뱃고동처럼
온몸에 감겨오는 그리움
그것이 너를 키우고
나를 자라게 한다
영화는 한 시간도 되기 전에
내 턱수염이 거뭇거뭇해지고
또 삼십 분이 흘러
네 귀밑머리 희끗거리는데

우리의 삶을 밀고 오르는 언덕길
끝이 보이지 않는다
잠깐의 만남이 두렵다
긴 이별이 기다리고 있고
그리움이 거세된다
평생을 기다린
짧은 포옹
돌아보지 말고 가라는 나의 말을
너는 거꾸로 듣고 그냥 간다
그래서 영화는 끝날 수 있지만
삶은 가혹하다
너와 나의 삶을 이어갈 힘이
우리에겐 없다

나의 배후는 너다

누구에게나 배후는 있다
동해 일출과 서해 낙조
떠도는 구름 고운 별무리
그 뒤에는 언제나 하늘이 있는 것처럼
너의 뒤에도 하늘이 있다
어젯밤 너의 하늘은 온통 비바람이더니
오늘 아침 이렇게 햇살 곱구나
때로 나는 너의 배후를 의심하고
너의 하늘마저 질투해서
고민하고 몸부림치지만
너의 하늘은 너무나 커서
언제나 꿈쩍도 않는다
그래서 너는 언제나
고우면서도 빛나면서도
쓸쓸하면서도
폭풍우 몰아치고 캄캄하면서도
넉넉하고 당당하다

나의 배후는
너다

범어사를 아시나요

범어사를 아시나요
저녁안개 그윽한 그 시간의 범어사를 아시나요
노송도 돌계단도 대웅전도 풍경소리마저
어둠에 잠겨가는 그 시간의 범어사를 아시나요
온갖 구호도 함성도 끝없이 나부끼는 깃발도
솔소리 바람소리 물소리에 묻혀가는
그 시간의 범어사를 아시나요
인간의 자랑도 권위도 명예도 그래서 눈물마저도
풀벌레 소리에 먹히고
서서히 서서히 태양에 사위어가듯
그렇게 사위어가는, 그 시간의 범어사를 아시나요
어둠이 짙어오며
또 다른 세계가 오히려 또록또록 밝아오며
모든 소리들이 새롭게 살아나며
그래서 우리에게 또 새로운 눈물이 솟아나게 하는
그 시간의 범어사를 아시나요
우리의 모든 구호는 모든 깃발은 모든 함성은 모든 투쟁은

모든 운동은 그래서 모든 삶은 사랑이어야 한다
싸안으며 싸안으며 가르치는 범어사를 아시나요
우리 목숨을 부지시키는 것은 하루 몇 끼의 밥그릇이 아니라
결국은 퇴색하고 마는 이념의 회색빛 관념이 아니라
사랑
그것은 구체적인 사랑이라는 것을 가르치는
그 시간의 범어사를 아시나요
실천은 믿음에 앞선다는 성경말씀이
가비라성의 그 높은 담을
타성과 관행과 도덕과 제도와 법률과 일상의 그 높은 담을
뛰어넘게 하는 밤
그 밤, 그 시간의 범어사를 아시나요
그래서 모든 관념의 굴레에서 해방되어 자유인으로
오, 아름다운 자유인으로
별빛 날개를 활짝 펴던 그 밤의 범어사를 아시나요
그 아름다운 날 밤의 범어사를

91년 9월 어느 날 청계산 자락 독방에서

당 신

언젠가
두물머리를 지나
비로소 북한강 그 도도한 짙푸름의 깊은 곳
불 붙은 산 그리메가 일렁일 때쯤
나는 종알거렸지요
산은 강을 건너지 못하지만
보세요
강은 저렇게 산을 가르고 흐르잖아요
운동이 힘이지요
당신은 그냥 말 없이 미소만 짓다가
내설악으로 접어들어 물이 더욱 빨라질 때
한 마디 하셨죠
보게
이 물이 다 설악 안에 있네

편 지

어둠이 서서히 걷히고 있습니다
창 밖 느릅나무 노란 잎이 가볍게 흔들리고 있네요
언제 당신은 또 거기 와 계신가요

죽변항 등대마루 대숲을 흔들며 울부짖던 당신
하늘공원 억새 길을 걸으며
샛노란 들국 한 다발 꺾어주지 못해
안타까워하던 당신
산구비 돌 때마다
늦가을 자작나무 눈부신 살결
구름 비끼며 언뜻언뜻 빛나는 햇살로
수백 수천의 반짝이는 잎으로 환호하던 당신
이 아침 창 밖에서 서성이고 있네요

아 그래요 당신은
언젠가는 여의도 국회의사당 앞 빌딩 사이에서
대학로나 광화문 네거리에서

붉은 머리띠 넘실대는 군중의 파도 속에서
빛바랜 깃발들을 흔들고 있었지요
아직은 놓을 수 없는 깃발
누군가는 움켜쥐어야 할 시대의 깃발
당신은 오늘도 힘겹게 흔들고 있나요

오랜만에 편지를 씁니다
주소를 쓸 수 없는 그러나 언제나 내 곁에 있는
그리운 당신에게

뻥튀기 강냉이 – 빛이

빛이는 우리 막내딸이다
대학 졸업반이니 다 컸다
할 일도 많고 고민도 많겠지
거의 열두 시나 돼야 들어온다
가끔은 불콰할 때도 있다
귀엽다
어제는 뻥튀기 강냉이 한 자루를 사왔다
이 늦은 시간에 이건 또 뭐냐는 엄마의 잔소리에
아줌마가 애 업고 팔고 있는데 그럼 그냥 와
한다

한계령

누구나 마음속에 한계령이 있다

내 속에도 시월의 마지막 서릿발로
칼바람 맞아 더욱 청청한 소나무로
때론 돌 틈새 흔들리며 피는 패랭이꽃으로
한계령은 솟아 있다

누구는 내려가라 내려가라 지친 내 어깨를 떠민다지만
청설모 고라니 가쁜 숨도 안아주는 산마루
오르며 지친 내 손 잡아주는 형으로
산을 쪼개거나 가르지 않고 넘겨주는
이쪽 저쪽 가리지 않고 이놈 저놈 고르지 않고
그냥 덥석 안아 넘겨주는
넉넉한 형으로 있다

하늘공원

하늘공원을 아시나요
단풍의 붉은 파도가 지리산을 덮치며 온 계곡이 넘실대던
그 가을 깊은 날의
하늘공원을 아시나요
노란 들국 이미 시들고
억새는 바람 뒤에서 칙칙하게 삭아가고
우리의 헛헛한 웃음은 자꾸만 허공으로 흩어지고
남부지원 그 짜증스런 재판이 끝나고
말 없이 부대찌개나 비빔밥으로 서로의 구차를 확인하고
왜 우리는 또 그냥 헤어지지 못하고
그 낯선 풍경 속으로 몸을 숨겨야 했을까
휘이휘이 찾아간 하늘
결국은 쓰레기 더미인 줄 왜 몰랐을까

청계천 블루스

청계천 가는 지하철 속에서 맹인 부부를 만났다
작은 돈바구니를 든 아내의 허리를
애절한 찬송가 가락이 흐르는 녹음기를 목에 건 신랑이
사랑스레 잡고
승객들 사이를 헤치며 전진하고 있었다
어디쯤 내려야 맑은 물 다시 흐르는 시내를 볼 수 있을까
1호선 지하철은 애써 맹인 부부를 외면하고
소리 지르며 제 길로만 달리고
승객들은 웅성거리기만 할 뿐
작은 돈바구니에는 찬송가 낡은 가락만 쌓이고 있었다
청계천 평화시장은 언제 생겼을까
인천 자유공원이나 남산 해방촌에서
평화, 자유, 해방은 아직도 화약 냄새 풍기는데
바보 태일이 살았다는 그 쪽방들은 사라졌는가
풀빵 나누어 먹던 그 누이들은 오늘도 안녕한가
조작된 청계천에 조작된 죽은 물은
갖가지 조명따라 조작된 몸짓으로

조작된 풀들 사이로 카바레 음악처럼 흐르고
비가 몹시도 쏟아지던 그날
허겁지겁 전태일 흉상을 세우고
우리는 큰굿 하며 그 이름 애타게 불렀지만
비에 젖은 태일이 눈물만 흘릴 뿐 대답이 없었다
그 시간 그는 어디에 있었을까
부산의료원 영안실 냉동고에 불 탄 얼음덩이
김동윤으로 누워 있었을까
신선대 부두는 아직도 그 시절 평화시장인가
특수 고용 비정규 화물 노동자
그가 자기 몸을 불사르며 입었던 투쟁 조끼
그 등바닥에 천형처럼 새겼던
'인간답게 살고 싶다'
전태일은 그렇게
또 죽어가고 있었다

청계천 버들다리에 전태일 흉상이 제막되던 날
분신한 화물노동자 김동윤은 부산의료원 냉동고에 있었다

석계역을 떠나며

석계역을 떠나며
그때는 생각했다
아침마다 떠나는 수많은 우리 속에서
너를 향해 떠나는 나처럼
모두는 모두의 너를 향해 떠나고 있었다
떠난다는 건 너를 향한 나의 몸짓
그래서 아름답기도 하고 때로는 안타깝고 아프기도 했지만
외롭거나 슬프지는 않았다
너를 상실한 후
수없이 기차가 또 떠나고
나도 또한 석계역을 떠났지만
도착 역을 잃어버리고
석계역은 나를 떠나지 못한다
언제 피었을까
철길 가 철 잃은 민들레 한 포기
꽃대궁 빳빳이 세우고 하얀 홀씨를 뿜어내고 있다
이 늦은 가을 아침에

너를 만나면

말이 이렇게 어려운 줄 몰랐습니다
눈물보다 어렵고 미소보다는 더욱 어렵습니다
때로 나는
말로 행동하지 말고 행동으로 말하라
했지만
다시 판단해야 할 것 같습니다
하고 싶은 말 결국 하지 못하고 애써 고개 돌리고
눈물도 앞세우지 못하고
삼키고 삼키고 목으로 창자로 밀어넣는
설움 덩어리 억울과 분노의 찌꺼기들
그것은 모두 고통의 씨가 됩니다
그렇게 사는 너를 만나면
나 또한 그렇구나 합니다
그런 날이 있습니다

강 물

아직도 어둠의 시대
그 강가에서 축제는 열리고
우리는 강물따라 흐르고 있었다
그래도 다시 아침이 오고
만성 잔기침 같은 우리의 한숨도
사라지는 어둠 속으로 밀어내며
다시 조끼를 걸치고 머리띠 찾아 매고
일어서야 할 시간
누군가 마른 풀 쥐어뜯으며
울고 있다
뭐가 그리 답답하고 안타까운지
그렇게도 분하고 억울한지
흐느낌이 안으로 안으로 잦아들고 있다
지나가며 누군가는 어깨도 두드려보고
발로 툭툭 차보기도 하지만
애써 눈은 마주치지 않는다
시대의 강물은

등 굽은 잉어나 버들치
갓 깨어난 눈 먼 붕어 새끼까지도
온갖 오물들과 함께
싸안고 도도히 흐르는데
강 언덕을 향한 우리의 발걸음은 무겁기만 하다

2005년 11월 노동자대회 전야제는 여의도 한강 둔치에서 열렸다

사내들

버스가 고속도로 진입로에 들어서면서
길은 더 막히기 시작했다
신호등이다 뭐다 해서
시내를 빠져나오는데도 힘들었지만
그래도 그땐 그러려니 참았는데
사내는 더 참을 수가 없다

씨발 지금이 몇 신데 이렇게 막혀
고속도로라 이름을 붙이지나 말든지
이렇게 해놓고 돈까지 받아 먹어
보다 못해 옆 사내도 거든다
다 그런 갸 임마
우리가 서울 오면서 한두 번 당했어
그래도 새꺄 세월이 가면 뭐 좀 달라져야 되는 거 아냐
이건 좆같이 점점 더 심해지니
그럼 어쩌냐 내려서 걸어갈래
내일이면 내년이면 하고 사는 거지

노동자대회 마치고 돌아가는 길
막힌 길 위에서 왠지
사내들은 서럽다
길이야 또 그렇게 막히기도 하고 뚫리기도 하고
막소주 몇 잔이면 집에야 가겠지만
이놈의 꽉 막힌 세상
언제나 확 뚫리려는지
차창에 어린 노동자의 얼굴
깊이 팬 주름 흰 머리칼이 서럽다

어느 날 어둠은 내리고

한 편의 시를 읽기가 얼마나 힘들며
한 사람을 만나기는 또 얼마나 어려운가
좋은 시 하늘 땅 사이 그 어디에도 없고
천지가 사람이지만 말 붙일 한 사람 없고
집회가 끝나고 사람들은 어디론가 흩어지고
시는 빈 광장의 휴지처럼 바람에 날리고
허리를 굽혀 무언가를 줍는 사람
어둠이 삼키려는 한 사람의 어깨에
힘겹게 손을 얹는 한 사람
그 사람의 어깨에 기대는 또 한 사람
쓰레기로 되는데 반나절도 안 걸리는
종이 위 설익은 이념 속에
시는 있지 않고
오염된 관념의 수렁에 빠진
한때의 동지는
자기가 무슨 일을 하는지도 모르고
도회의 하늘은 한 개의 별빛도 보듬지 못하고

허공에 매달린 플라타너스 마른 잎은

떨어질 자리조차 찾지 못하고

시는 길을 잃고 사람은 방황하고

작은 차를 함께 타고 우리는 이정표를 찾고 있었다

그런 사람

오늘같이
어디론가 훌쩍 떠나고 싶은 때가 있다
가다가 낯선 주막에서 막걸리나 왕창 마시고 싶은
그런 때가 있다
그럴 때 떠오르는 얼굴 있다
왜 어디로 가는가 묻지 않고
막걸리잔 말 없이 채워주는
그런 사람 있다
나도 누구에겐가
그런 사람이면 좋겠다

이종광 판사

신문에 활자화된
이름 앞에서
이렇게 감격해 보기도 참 오랜만이다
서른일곱의 수원지방법원 이종광 판사
그에게 배당된 친일파 후손의 재산 환수 소송에서
그는 각하 판결을 내렸다

80여 쪽에 가까운 판결문을
석 달 동안이나 일요일마다 출근 해서 썼다
판결문을 쓰기 위해
프랑스 독일 중국의 역사 청산 관련 책도 수십 권 읽었다
1년 이상을 복잡한 내 나라의 근현대사 공부에 몰두했다
선배 판사들의 그동안의 판결 태도를 치밀히 분석했다
그리고 그는 오로지 법과 양심에 따라
판결로만 말하는 판사로서
그동안의 판례를 배척하는 힘들고 고독한 판결문을 썼다
3 · 1 운동의 독립정신과 대한민국 임시정부 법통 계승의 헌

법정신이 빛난다

　국회의 헌법상 입법 의무 불이행에 대한 질책이 준엄하다

　헌법이란 개개인의 공통된 정치적 의사가 결집된 것이라는
그의 말을

　우리는 상식이라 한다

　2003년 전국 최고의 무죄 판결율이 말해주듯

　최소한의 상식을 위해 그는 자기 자리에서

　마땅히 해야 할 일을 하고 있을 뿐이다

　지금도 직무유기를 일삼으며 정쟁으로만 날을 새는 국회

　독선과 곡학아세로 민중을 속이고 상식을 병들게 하는

　자칭 지식인과 전문인을 부끄럽게 한다

　햇살이 너무도 고운 이 아침

　아름다운 이름 이종광 판사를 부르며

　나의 하루를 시작한다

별똥과 소년

이 땅 곳곳에
날뫼라는 이름의 산이 있다
그것이 지명이 되어 비산동이 된 곳을 안양에서도 보았다
나도 초등학교 3학년 2학기부터 날뫼에서 살았다
탄광에서 쫓겨난 아버지가 하꼬방 하나를 마련해 둥지를 튼
도시 변두리 산동네
그곳이 비산동이었다
"골목마다 연탄재 굴러다니고
똥차도 들어오지 못하는 곳
옆집 아저씨 술 취한 소리 동네방네 떠나가도
나는 우리 동네가 좋아요"
어쩌고 하면서 숙제로 낸 글이
'날뫼' 라는 교지에 실렸을 때
속으로 엄청 쪽팔렸지만
날뫼라는 책 이름이 너무도 신기해
보고 또 보았다
내가 '날아다니는 산' 위에 산다는 것이 너무도 신이 났다

그리고 또 얼마의 세월이 흐른 후

내 이름이 물범인 줄 알았을 때

그래 나는 날아다니는 산 위에 사는 물 속 호랑이야

그 기쁨에 혼자서 동네 어귀 막걸리집에서

십 원짜리 왕대포 한 사발을 벌떡벌떡 마셨다

그때도 그랬지만

지금도 내 마음의 날뫼에는

운석 대신 별똥이 소리 없이 지고

엄마가 팔다 남은 행상 보따리를 지고

언덕을 오르는 소년이 살고 있다

새들의 투쟁

그날도
수십만의 가창오리가 천수만을 뒤덮고
시베리아의 먼지를 털어내며
날개 쉴 빈 들 찾고 있었고
우리는
별빛도 쪼개지는 조각난 창
다락방에 숨어들어
소주잔을 돌리고 있었다

꿈결인 듯 조각난 기억이
모자이크로 되살아나는 것은
그날도 아마 큰 집회가 있었고
이어진 시위에서 주머니에 주워 넣은
이야기가 많았던 것 같다
지랄탄 꽃병 물대포 쇠파이프
격렬한 전투 뒤풀이 안주로는 괜찮은 메뉴들이었다

오늘도 우리는
늦은 밤 포장마차에서 술을 마신다
좋은 안주 다 팔리고
겨우 물대포가 남았다
술맛도 별로이고 목구멍만 따갑다
이 밤도 가창오리는
주남저수지를 뒤덮고 있을까
그들의 전력은 여전할까

첫 눈

오랜만에 반가운 얼굴 몇몇이 모여
이런저런 얘기를 하는 창 밖 어둠 속에
눈이 내리고 있었다
며칠 전 국립기상대는 첫눈이 내렸다고 했지만
그땐 조금 눈발이 날리면서 땅에 닿자 녹아버렸을 뿐
우리에게는 어젯밤이 첫눈이었다
첫눈 치고 제법 쌓이고 있었다
세상이 하얗게 탈색되고 있었다

우리는 눈을 맞으며 달려오는 친구를 걱정했다
다른 일로 오지 못하는 친구를 그리워했다
마주 앉은 친구는 더욱 살가웠다
직접 담가서 보내준 오디술을 마시며
젖꼭지 같은 오디가 까맣게 달린 산뽕나무의
그 윤기 나는 뽕잎을 떠올렸다

눈이 내리는 시간은 흘러갔다

우리의 이야기도 눈처럼 쌓여갔다
쌓이는 눈을 쓸어버리기 아쉬워하듯
그렇게 소리 없이 서로에게 쌓이기를 원했다
가끔 바람이 불었다
잎 떨군 나무는 제 몸을 흔들어 눈을 거부하지만
눈은 더 잘게 제 몸을 부수어 나뭇가지에 엉기고 있었다
청솔가지 휘휘 처지게 쌓인 눈은
먼 골짜기 산짐승 울음소리에 후두둑 후두둑 떨어졌다

눈이 쌓여 밤은 더욱 깊어갔다
우리는 불안했다
헤어질 시간이 다가오고 있었다
해 뜨면 눈이 녹듯 우리의 이야기도 지워지리라
우리의 사랑도 사위어가리라

두려웠다

그러는 사이

어느 결에

첫눈은 눈물이 되어 마른 땅에 스미고

매일 찾아오는 첫사랑으로 안겨오고 있었다

제 2 부

어찌 너만 힘들겠느냐

우리 교회 1

첫눈 내린 다음날 아침
햇살이 너무 고와
맥문동 까만 열매
흰 눈 속에서 더욱 빛난다
그날은 대림절 둘째 주일
교회마다 성탄을 기다리는
찬송 소리 높다
곧 오소서 평화의 주님
곧 오소서 정의의 주님
곧 오소서 민중의 주님
할머니부터 아이까지 모두 해야
스무 명 남짓의 가난한 우리 교회
아무리 목이 터져라 소리쳐도
너무나 바쁜 21세기 예수님은
들르지 못하실 것 같다
예배가 끝나고 자장면을 먹었다
모처럼 남신도회가 한턱 쏘았다

서비스 군만두를 곁들여

목사님도 코를 처박고 잘도 드신다

예수님도 오셨으면 맛있게 드실 텐데

할머니 옆에서 아삭아삭 단무지를 씹으며

다섯 살배기 꼬마는 못내 아쉽다

오늘은 설거지 할 게 없어 넘 좋아요

청년들의 웃음소리가 가볍다

나를 **빼면**

모두가 예수다

홍시 한 알

감이 익듯 나도 그랬으면 좋겠다
마른 가지에 잎이 나고
아침 햇살 받아 그 윤기 찰찰 흐를 때
노란 감꽃 핀다
감꽃에는 감이 들어 있다
납작감 뾰족감 떫은감 단감
꽃을 보고 꽃을 먹어보면 감을 안다
삼복 지나도록 감은 푸른 잎이다
북방 나무가 겨울을 이기기 위해 잎을 떨구듯
감은 제 자신을 던질 줄 안다
솎아주지 않아도 스스로를 조절하는 과일 나무는
감나무 밖에 없다
누구처럼 가지가 찢어지도록 달고
제 몸을 죽이지 않는다
잎에 곱게 가을 물이 들 때라야
감도 가을빛을 뿜는다
잎과 열매가 함께 익어간다

서리가 내리고 하늘이 눈 뜻을 품으면
잎은 일제히 떨어져 몸을 낮추고
그렇게 썩어서 거름이 되고
감은 결기를 죽여
딱딱함과 떫음을 스스로 제거하고
맑은 홍시가 된다
그리고 조용히 기다린다
겨울 벌판 외롭고 배고픈 새들에게
건네준 홍시 한 알
너무 곱다

우리 교회 2

우리 교회 목사님 월급은
백만 원도 안 된다
스카이대를 졸업하고 정규 신학대학원을 거치고
교회 전도사로 박박 기면서 필요한 경력을 쌓고
목사 고시에 합격하여 목사가 되었다
시골 교회는 이것저것 가져다주어
먹거리 걱정은 없다는데
서울 변두리 우리 교회는
그런 게 있을 리가 없다
그래서 목사님과 사모님이 아르바이트라도 해야
겨우 중학생 아들놈 학원에라도 보낸다
오늘은 오랜만에 교인들이 많이 와서
30여 명이나 되었다
목사님은 신이 나서
더 열정적으로 설교를 하셨다
믿음과 행위에 대한 핵심 교리를
너무나 쉽고 명쾌하게 설명하시면서

우리가 구체적으로 해야 할 일을 일러주셨다
정말 대단했다
웬만한 교회 한 번 설교 값도 안 되는 월급을 생각하며
우리는 부끄럽고 마음이 아팠다
우리는 우리 목사님이 이 험한 사회에서
목사로서 당당하게 살아가게 할 수만 있다면
우리에게는 아무 것도 안 해줘도 좋다고 생각했다
좋은 목사님 한 분이 우리 사회에 있다는 것
그것만으로도 얼마나 기쁘고 가슴 벅찬 일이냐

노량진의 밤

날씨가 몹시 추워졌다
노량진 수산시장 미자네 집
등 시린 사람들끼리 모여
술을 마신다
그동안 어떻게들 지내셨는지
함부로 물어보기가 어려워
대충 눈치로 때려잡는다
실업자 생활 누구는 뾰족할까만
그래도 그냥 나만큼만이라도
지내면 좋으련만 한다
아는 사람 연락하고
떼쓰고 깎고
멍게 해삼 몇 마리라도 더 얹어
빼앗다시피 떠온
광어 도다리 회를 펼쳐놓고
우리는 오랜만에 흐뭇했다
이야기는 짙어가고

소주병은 쌓여가고
내일 아침은 올 들어 가장 추워서
출근길이 힘들다고
티브이 뉴스는 떠들지만
누구도 걱정하지 않는다
그런 걱정이 얼마나 사치스러운 것인가는
출근할 곳이 없어 봐야 안다
밤은 더욱 깊어갔지만
집으로 들어갈 생각들이 없어 보인다

당신이 잠든 사이

벌써 당신이 잠든 사이
늦은 귀가의 지하철은
지친 이웃들을 태우고
어둠을 가르며 달리고
거기에도 못 탄 노숙자들은
라면박스 몇 장으로 콘크리트 냉기를 막아보려
온 몸을 웅크리며 안간힘을 쓰고
변두리 역이나 아파트 단지 주변의 포장마차는
소주 아니면 집에도 못 들어갈
그게 아니면 몇 시간 꼬리잠도 못 잘
시대의 아버지들의
한숨 소리만 허옇게 피어오르고

아직도 당신이 잠든 사이
형광 조끼가 더욱 빛나는 시간
청소차를 따라잡느라
아저씨들의 숨은 턱에서 헉헉거리고

새벽 버스는 찬바람을 가르고
더욱 급하게 앰뷸런스는 달리고
광화문이나 국회 앞
엉성한 농성 천막의 희미한 불빛은
농민 노동자의 충혈된 눈망울 속에서 일렁이고
높은 하늘 저켠으로는
시베리아에서 날아온 철새 몇 마리
남쪽 어디론가 날아가고
이렇게 모질게도 추운 밤

당신이 잠든 사이

계곡을 그리워하며

내가 그 계곡을 그리워하는 것은
그 계곡에도 눈이 쌓여
바위며 돌들이며 발가벗긴 나무뿌리며
떨어져 썩어가는 낙엽마저
하얗게 묻혀
꿈꾸듯 누워
누군가를 기다리고 있기 때문일까

기다리며
푸른 달 휘영청 밝아
흔들리며 흐르던 빛나던 잎들
구비마다 터지던 탄성들
비로소 붉게 물들어
한꺼번에 쏟아지던
폭포의 그 감격 그 아픔
그 뒤를 따르던 바람과
구절초 향기의 떨림

이런 것들을 추억하기 때문일까

다시 내가
그 계곡을 그리워하는 것은
그 계곡 어느 깊은 곳에
마르지 않는 샘이 솟고
그 샘이 눈 속을 흐르며
눈 속에 묻힌 바위들을
그 힘줄이 불끈불끈한 바위들을
부드럽게 만지며
그 바위 밑에 웅크리고
겨울 숨을 쉬고 있는
꺽지며 피라미며
그 작은 것들을 보듬기 때문일까

우리 교회 3

창 밖에는 축복처럼 눈이 내리고 있다
서울의 대표적 판자촌 양돈마을이 있던 자리
그 아파트 위에도 눈은 쌓이고 있다
함께 내쫓기며 철거당한 우리 교회는
아파트 옆 상가 건물 그 한켠에
제비집처럼 둥지를 틀고
입주도 떠나지도 못한 사람끼리 모여
가난을 은혜로 나누고 있다
반주자까지 모두 열 명 안팎인 성가대
가운을 입을 때마다 마음이 뜨겁다
고아처럼 자라다시피 한 한 처녀가 결혼을 하며
옥합을 깨뜨려 그 값비싼 향유로
눈물을 섞어 예수의 발을 씻은
어느 여인의 마음으로
아름다운 성가복을 바쳤다
누구도 이 값비싼 성의를
개발의 편자라 욕하지 않는다

성가대원들은 예배를 준비하고
그 성의를 입으며 늘 감격스럽다
더욱이나 이 옷은 뒤에 단추가 있어
누군가가 잠가주어야 한다
뒷사람은 내 옷을 입혀주고
나는 앞사람의 옷을 입혀주면서
왜 그렇게도 마음이 뜨거워지는지
예수도 우리 교회에 오면
성가대원이 돼야 한다
우리 교회의 어른은 모두가 성가대원이다

이상한 가족

매서운 추위가 며칠째 계속 되더니
빛이의 친구 경은이 아빠가 결국 돌아가셨단다
경은이는 빛이가 대학 가서 만난 사이다
부모가 별거 중 엄마가 몇 년 전 먼저 돌아가시고
그래서 더욱 가까워져 집으로 데리고 오기도 하고
가끔은 경은이 자취방에 가서 자기도 했다
외동딸인 경은이는 이제 고아가 되었다
빛이는 아예 그 외로운 상가에서
온갖 뒤치닥거리를 하는 모양이다
아르바이트 출근을 위해 새벽에 들어온 빛이와
뜬 눈으로 새다시피 한 엄마가 식탁에 마주앉았다
빛이야 어쩌니
그러게요 기가 막혀요
등록금을 못 내서 학교도 못 다니고
엄마 아빠 병간호 하느라 너무 힘들었어요
네가 몇 달이라도 빠르다니 그냥 언니 해라
복학도 해야 하고 시집 갈 때까진 누가 있어야지

모녀의 알콩달콩 애기를 들으며
나는 행복했다
이 나이에 예쁜 딸 또 하나 얻게 생겼다
아침이면 괜히 바쁜 척하는 맘이 한이도
은근히 기분 좋은 눈치다

딸과의 여행 1 – 베이징

빛이 나이 우리 나이로 일곱
그해 나는 감옥에 갔다
팔월 삼일 열 번째 생일도
진주교도소에서 보냈다
그 뒤로도 아빠 얼굴 보기 더 힘들었다
소망이 원망으로 원망이 미움으로
그렇게 바뀌기엔 넘치는 시간이었다

중국학과를 다니며 일 년을 중국에서 공부한
어느덧 스물넷 그 딸과 함께
중국을 여행했다
북경공항에 내리며 나는 바보였고
빛이는 빛나기 시작했다
중국말도 문제였지만
자연스레 나는 딸의 챙김의 대상이 돼 있었다
기꺼웠다
우리는 왕푸칭과 유리창 거리를 걸었고

천안문광장에서 빛바랜 오성기의
펄럭이는 소리를 들었다
천단과 자금성에서 화려한 왕조의 쓸쓸한 그림자를 밟았고
원명원과 노구교를 거닐며
야만의 역사 그 숨결이 아직도 남아 있는 걸 느꼈다

빛이는 내 곁을 떠나지 않았다
때론 팔짱을 끼기도 하고
내가 조악한 관광상품이나 짝퉁 물건에 관심을 보이면
경계의 눈초리로 옐로카드를 보냈고
언 길에 미끄러지기라도 할까
앞서 가며 예쁜 발자국을 찍어주었다
춘절 앞둔 그 복잡한 북경역 넘치는 인파 속에서
아빠 자나깨나 지갑 조심 앉으나서나 여권 조심
내 자존심까지 걱정하며 농담처럼 얘기하는
그 배려가 너무 예쁘다

길도 말도 모르니 그냥 따라 다닐 수밖에
가는 곳마다 만나는 사람마다
더하지도 덜하지도 않은 빛이의 적절한 대응
특히 사람을 대하는 살가움과 넉넉함을 보며
나는 가르치지 않았는데
언제나 너는 먼저 깨달아 알고 있다
그리고 그렇게 살고 있다
부끄러운 나는 너를 이제는
어린 딸이라 부르지 않기로 한다

딸과의 여행 2 - 만주 벌판

중국은 대국이다
내 어릴 적 아버지의 말씀이시다
내 아버지는 일본 강점기 그 어둠의 시대에
가족들과 함께 북만주로 쫓겨가
지금의 길림성 교하현 신잔이란 곳에 사셨다
해방 되어 다시 쫓겨나오기까지
북만주 그 넓은 땅에서
쫓겨오는 조선 사람들 모아
땅을 개간해 큰 농사를 지으셨단다
명절이나 친척들이 모이는 날이면
아버지는 쪼무래기 우리들을 둘러앉히고는
그때 그 만주 얘기를 해주셨다
정말 재미나게 해주셨다

그 이야기 속의 만주 벌판을
송장 파먹는 늑대 울음의 긴 여운이
눈보라 속에 아득히 묻혀가는

그 겨울 만주 벌판의 밤을
육십 년도 더 지난 오늘
그때의 내 아버지 나이만큼이나 자라버린 딸과 함께
열차의 기적 소리와 함께 달린다
할아버지 할머니를 그 벌판에 묻어두고
돌아보며 돌아보며 눈물 흘리시던
아버지의 그 길을
살아 계실 때
그렇게 다시 가보고 싶어했던 그 길을
내가 달리고 있다

만주 벌판처럼 끝없이 넓은
아버지가
저기
벌판 눈 속에 서 계신다

당신이 오고 있다

참 좋은 일이다
누구를 그리워하는 것
간절히 기다리는 것
혹은 만나는 것

설악산 골짜기마다
무박 2일 눈이 내리고
덕유산 주목은
살아 오백 년
푸른 잎 붉은 열매
눈 속에 청청하더니
죽어 오백 년 고사목 되어
비로소 산의 입김으로
순백의 꽃 피웠다

정말 가슴 뛰는 일이다
누구를 어디로 보내고

그리워하는 것
그리고 그가 돌아오는 길

지리산 거림골
눈 속에 더욱 푸른
시누대 흔드는
솔바람 소리
세석은 눈에 묻히고

아
당신이 오고 있다
인간의 한계 그 빛나는 계곡을 넘어
절망의 눈밭을 건너
상처의 다리를 끌며
산수유빛 점점이 핏자국을 남기며
내게로 오고 있다

한라산엔 또 폭설이 내려
중산간 오름들조차
길을 감추었다
흰 사슴들은 무리 지어
꼭대기로 오르고
산은 거기에 큰 못을 파고
키 작은 풀들을 심었다

발자국 소리 들린다
더욱 빛나는 형형한 눈빛
눈동자를 깎아내는
용기와 고통
그래서 당신은
더욱 아름답고
아직도 자유롭지 못한
금강산의 개골 풍경
백두대간의 시종

천지를 빛나게 한다

당신을 그리워하고
간절히 기다리는 일은
이렇게도 벅차고 기쁜 일이다
저기
당신이 오고 있다

인사동 밤거리

저기 저만큼
아픔이 가고 있다
저 화려한 불빛
출렁이는 어깨 사이로
외로움이 걷고 있다
수많은 만남
무수한 애인들과의 깊은 팔짱 속에서도
우리를 힘들게 한 것은
은밀히 진행된 약속들이었다
너무도 공허하다
강물이 한 덩어리가 되어
어느 한 방향으로만
반성 없이 흐르는 것도
참기 어렵지만
엉키고 뒤엉키어
흐르지도 못하는
주저와 방황은

우리를 더욱 짜증나게 한다
그것을 인간적 몸부림으로 이해하라면
내 꼴이기에 더더욱 화가 난다
누구는 버릇처럼 가끔
하늘을 쳐다본다
눈을 기다린다
별이 없는 하늘에서
내릴 눈은 없다
휑 뚫린 가슴 헛헛한 웃음
그 메마른 입김으로는
따뜻한 별을 만들 수 없다

핸드폰 인간

일정한 간격은 아니더라도
잊을 만하면
진동이 울리고
문자가 찍힌다
때론 확인되는 순간
날아가버리기도 하고
기억 속에 흔적으로 남기도 하고
마음에 그 붉은 심장에
화인으로 새겨지기도 한다
손 전화
핸드폰은 몸의 일부다
어쩌다가가 아니라
이제는 그냥 장기다
다른 데가 아프면 참기라도 하고
밍기적거리기라도 하지만
핸드폰이 탈 나면
열 일 제치고 병원으로 내닫는다

어느 사이에
나는 내가 아니다
나의 관계가 나이고 소통이 나이고
나와 그의 사이가 나다
그걸 가능케 한 새로운 장기
핸드폰
설 전날 사무실은 비고
거리는 한산하지만
핸드폰을 통한
인간활동은 더욱 왕성하다
인사가 오가고 거래가 오가고
맺힌 감정을 풀기도 하고
그러다가 또 한바탕 싸우기도 한다
오늘 같은 날
모두 이래저래 집이나 차 안에 있으면서도
귀나 눈이나 간이나 창자나
또 뭐 그런 것들을

떼놓지 못하는 것처럼
핸드폰은 내 몸에 붙어 있다
그것은 분리할 수 없는
그 무엇이기도 하지만
간절한 소원이요
기다림이기도 하다
아마 누구는 이 시간
긴 여정 목숨을 접으며
핸드폰을 손에 꼬옥 쥐고 있을지도
모를 일이다

어찌 너만 힘들겠느냐

어찌 너만 힘들겠느냐
새벽이 소리 없이 다가와
가볍게 어깨를 흔들 때
아침 햇살
겨울 나뭇가지 사이에서 반짝일 때
큰 눈이 내리고
한계령은 새조차 자취를 감추고
바람 소리에 어둠이 짙어갈 때
아직도 겨울은 깊어
민들레 홀씨
어느 돌 틈에서 떨고 있고
미루나무 높은 가지 위에
겨울 까마귀 흔들릴 때
오늘 같은 날이
쌓이고 쌓여
나이테로 작은 나무를 키우고
그 나무 아름드리로 자라

칡넝쿨 엉켜 감고
긴 그리움을 삼키며
그렇게 살아갈 때
어찌 너만 힘들겠느냐

우리 교회 4

설날과 일요일이 겹쳤다
모두들 공휴일 하나 없어졌다고
불평들이다
교회들도 난리가 났다
예배냐 민속이냐
목사나 장로들의 입장이 난처하다
우리 교회는 전혀 문제가 없었다
지난주에 목사님께서는
다음주 설날 주일에 대한 명확한 지침을 내리셨다
설날 가족모임을 우선으로 하라
멀리 계신 부모님이나 어른 계시면 먼저 찾아보라
그렇게 하는 일이 예배다
교회를 핑계로 설을 가볍게 여기지 마라
그런데도 오늘 예배에
어린애 둘 중학생 둘 포함해서
합이 스무 명이나 모였다
열 명의 성가대가 열 명의 교인들 앞에서

성가를 불렀다

시온의 영광이 빛나는 아침

어둡던 이 땅이 밝아오네

설날 아침 울려퍼지는 성가는

너무도 은혜스러웠다

순서에 따라 우리는 마음을 모아

공동 기도를 드렸다

　주님

　지난 세월은 좀 어두웠습니다

　때로는 깊은 밤 같은 세월들이

　저희를 어둡게 만들기도 했습니다

　어둔 밤들은 저희에게 아픔을 주기도 했습니다

　몸과 마음을 찌르는 고통으로

　제대로 잠들지 못하는 밤도 많았습니다

　저희는 개인적인 일로

　때로는 가정적으로

　때로는 국가적으로

이런 어둠 속을 살아야 했습니다
위로의 빛으로 오시는 주님
저희들의 잘못과 허물이 함께 빚어낸 어둠을
이제는 그만 거두어주옵소서
우리를 용서하시고
어둠을 밝히는 빛으로 살게 하옵소서
자유와 정의의 역사를 이루는 빛을 주옵소서
빛을 바라보며 희망 속에 사는 동안에
저희들은 항상 겸허하게 참회하는
믿음의 삶을 떠나지 않겠습니다
성령으로 오셔서 항상 저희와 함께 계시옵소서
빛 되신 주님의 이름으로 기도드립니다
아멘
예배가 끝나고 떡만두국을 먹었다
설날 떡국 맛으로는 일품이었다
우리 식구는 미리 빌려놓은 차로
어른들께 인사드리러 출발했다

고속도로는 막혔지만 우리는 넉넉했다
마지막 축복 기도를 하면서 매주일 당부하시는
목사님 말씀이 차 안에 가득했다
　　사랑하는 성도 여러분
　　세상으로 나아가십시오
　　죄악의 사회에서 진리의 자유인으로 사십시오
　　어두운 세상에서 빛의 자녀로 사십시오
　　누구를 만나든지 무슨 일을 당하든지
　　악으로 악을 갚지 말고
　　선으로 악을 이기십시오

새벽 안개

안개 속으로 달려갔습니다
나무들이 부드럽게 서 있었습니다
마른 풀이 누워 있는 낮은 언덕과
언덕과 언덕이 겹쳐지며 이어지며
계곡은 안개 속에
꿈꾸듯 잠겨 있었습니다
붉은 흙이 낸 좁은 길로
희미한 발자국 몇 개
앞서거니 뒤서거니 이어지고 있었습니다
군데군데 살얼음이
개울의 흔적을 만들고
그 너머 아직도 겨울 들판은
아득한 그리움으로 흔들리고 있었습니다
천지에 가득한 안개는 적막을 감추고
멀수록 오히려 가까이
당신을 불러냅니다
들판 어디에나 있는 당신

안개 속에 가득한 당신

오늘 설날 새벽

꿈이어서 더욱 아름다웠습니다

충주호에서

무슨 큰일이나 한다고
컴퓨터 앞에 앉아 있는 나에게
막내가 가져다준 배 한 쪽을 놓고
넉넉함을 생각한다
입 안 가득히 넘치는 단맛과
과즙의 싱그러움
그래서 행복은 진지하거나 진부하지만은 않다
조그만 관심과 긴장 속에 숨어 있는 행복
숨바꼭질을 즐길 줄 아는 아이들은
그래서 늘 즐겁고 언제나 행복하다

나는 언제부터 숨바꼭질이 재미없어졌을까
뻔히 어디 숨은 줄 알면서도
뻔히 나를 찾을 줄 알면서도
찾고 숨는 그 예측 가능한 단순한 즐거움을
거세당해 버렸을까
거기 숨어 있는 줄을 알면서도 모른 척하며

숨어 있는 친구에게 기쁨을 주기보다는
나는 네 놈 속마음까지 다 알고 있어 꼼짝 마
하면서 내 마음대로 상대를 규정해버리고
마치 머리 꼭대기에 앉은 것처럼
저 놈은 좋은 놈 저 새끼는 죽일 놈
하면서 살아가니
결국은 내가 얼마나 외롭고 불행한 놈이냐

언제든지 누릴 수 있는 작고 단순한 행복을 외면하면서
그 작은 것들이 모여서
세상은 그만큼 더 아름답고 풍부해진다는 것을 알면서
동지라는 참으로 귀한 말을
시궁창에 처박고 짓밟으면서
무슨 운동 합네 하고 살고 있으니
내 삶에 무슨 도움이 되겠는가

어제는 충주호를 다녀왔다

수몰되어 물 속에 갇힌 학교며 동네 위를
유람선을 타고 지나갔다
누구도 그 깊은 물 속에
그런 마을이 있었다고 기억하지 않았다
세월의 흐름에 시대의 변화에
깊이 잠겨 있을 뿐이었다
두려웠다
우리도 그렇게
잠겨가고 있지나 않는지

백남준

백남준이 갔다
그 치열한 삶이 그렇게 끝난 듯 보였다
국립현대미술관 중앙 홀
그가 남긴 최대의 작품 다다익선 앞에 마련된 빈소에
꽃 한 송이 바쳤다
할 수 있는 일이 그것 밖에 없으므로
그렇게 했을 뿐이다
같은 날 뉴욕 어디선가에서는
거창한 장례식이 열리고
화장된 유해는 나뉘어
미국과 독일 그리고 우리나라 어디엔가
묻힌다고 한다
죽어서 몇 사람이 되건
그 행사가 어떻게 진행되든
사실 난 큰 관심이 없다
끊임없이 내 머리를 떠나지 않는 것은
그의 티없이 맑은 천진스런 웃음이다

그의 시대를 초월하며 언제나
성큼 한 걸음 앞서 있는
예술적 상상력의 처소는
은밀하면서도 언제나 깨어 있는
계곡을 이루는 맑은 샘
어린 영혼의 집이다
그가 심한 중풍을 맞고 그래도 쓰러지지 않고
천진스런 맑은 웃음으로
무엇이 가장 하고 싶냐는 어느 기자의 질문에
주저없이 내뱉은 말
연애가 하고 싶어
깊은 사랑을 하고 싶어
그 말이 나에게는
아니 우리 모두에게
가장 아름다운 유언이다
역시 백남준이다

다시 눈물의 시대를 꿈꾸며

역시
눈물이 필요한 시대다

이젠 정말 전쟁을 끝내야 한다
내 마음의 전쟁
너와 나와의 전쟁
우리와 우리와의 전쟁
전쟁의 합리화는 미움의 합리화이다
증오의 미화다
너를 위해서 네가 잘 되라고
나무라고 비판한다고
너를 사랑하기 때문에
때린다고
사람들은 얘기한다

나는 거부한다
사람이든 뭐든 살아 있는 모든 것은

나무람이나 야단이 아니라
격려와 칭찬 속에서만 자란다
매라는 폭력이 아니라
눈물이라는 사랑만이 인간답게 만든다

내일은 개학이다
새로운 아이들을 만난다
가르치는 내용이나 방법은
더 많이 노력하고 부지런하면 될 것도 같다
두려운 것은
내가 아이들을 잘 이해하지 못하고
내 마음대로 판단하고
스스로 화를 참지 못하고
아이들 핑계나 대고
아니다 하면서도
그들을 미워하고
그것이 확대되어

나도 어쩔 수 없는 지경으로 발전할까
정말 걱정이다
아이들이 나의 깎은 머리를 보고
이라크를 비롯한 모든 전쟁을 반대하는
내 의지와 의미가
한순간에 위선이 되어버릴 수도 있다는 두려움에
나는 떨고 있다

눈물이 필요하다
이렇게 더러워진 내 안에
그렇게 맑은 샘이 있을까
그 샘이 마르지 않고
사랑의 눈물이 끊임없이 솟을 수만 있다면
그래서 그 물이 계곡을 이루어
완강한 산과 바위를 뚫고 흘러
평등의 강을 이루고
마침내 아 마침내

평화의 바다에 이를 수만 있다면
지금까지의 삶이 그랬던 것처럼
나는 또 그렇게 행복할 수 있을 텐데

눈물단지라도 준비하자
샘이 마르지 않게
씨물이라도 준비하자
내일은 개학
새로운 아이들을 만나기 위해

아침, 신문을 보며

꽃은 비주류가 없을까
새도 소수자가 있을까
바다 속을 헤엄치는 물고기도 가끔은 외로울까
라고 묻는 것은
너는 비주류나 소수자니
너도 때론 고독하니
라고 묻는 것과 같다
홀로 핀 패랭이 더욱 빛나고
높은 벼랑을 끼고 나는 독수리 언제나 혼자이듯
물범은 혼자서도 태평양을 가른다
꽃도 새도 원해서 그렇게 살지 않는다
연어는 수천 수만 리를 돌아 그렇게 떼지어 돌아올 뿐이다
사람은 아니야
라고 주장하는 네가
장애인이거나 병들지 않고도 불행한 것은
모든 장애인은 불행해야 한다는 독선이다
병이 없는 사람이 어디 있나

고 한다면
결국 모든 사람은 다 불행해야 한다
안타깝게도 동의하지 않을 수 없다

맘이에게

애들 엄마는 빨리 아침 먹으러 나오라고 재촉하고
어젯밤 마신 술 탓인가 배는 살살 아프고
풀릴 듯하던 말머리는 어느 지점에서 막혀 꼼짝도 않고
스스로와의 약속에 잡혀 컴퓨터 앞에 앉아 낑낑거리는데
걱정이 되는지 빛이가 등 뒤에 왔다가
갑자기 깔깔대며 자지러진다

내가 급한 마음에 '물범의 사람 산책' 할 것을
  '…의 사람 선택' 이라 한 모양이다
아차 하는 생각에 정신이 번쩍 들며
며칠 전 밤 일이 떠올랐다
인터넷 신문 기자로
좋은 세상 만드는 일에 밤낮이 없는 큰딸 맘이가
그날도 가장 늦게 들어왔다 한 시쯤이나 됐을까
앞서거니 뒤서거니 먼저 들어온 빛이랑 한이랑
밤늦은 수다를 떨고 있는데
무거운 노트북 가방에 사진기까지 목에 걸고

맘이가 들어섰다
차가운 날씨 탓이기도 했지만
불콰한 얼굴이 기분좋게 한 잔 한 얼굴이다
이런저런 너무도 아픈 민중의 현장을 누비다 보면
몸도 그렇지만 마음은 또 얼마나 힘들까
퇴근길에 술이라도 한 잔 하지 않으면
그 스트레스가 어찌 풀릴까
우리는 맘이의 음주와 늦은 귀가에
말없는 박수를 보내며 따뜻이 맞이했다.

그때도 나는 컴퓨터 앞에 앉아 있었는데
맘이가 술김에 지나가는 말처럼 뼈있는 한 마디를 날린다
아빠는 사람 산책 한다면서
사람 골라서 하는 모양이에요
빛이랑 한이랑은 자주 등장하는데
난 아무 데도 없어요
그랬구나 그렇게도 보였겠구나

맘이야 구태여 변명을 하자면
너의 하는 일이나 너의 삶이
내 가벼운 글 속에 들어가기엔 너무 무겁고
이렇게 저렇게 이야기 되기에는 너무도 절실하기에
함부로 하지 못했다고 이해해라
그러면서 나에게 준 준엄한 경고
사람을 그렇게 가볍게 산책의 대상으로나 삼고
그러면서도 알게 모르게 선택하는
그 위선에 대한 질책은
고맙고 달게 받으마

오늘은 일요일인데도
예배 끝나자마자 또 현장으로 달려가는
너의 뒷모습이
너무도 크고 아름답구나

제3부

하늘이 교실로 내려보다

그 대

가르치는 일도 몸 닦는 일이지요
말씀하시고 그대
먼 산사 이름 없는 암자로 드셨다
머리를 깎았다는 말
암자를 지나온
솔바람이 전해주었다

다시 교단에 선 지 3개월이 지났다
힘겹다
내 속의 그대는 나에게 속삭인다
무릎을 꿇어라
비워라
나를 채우기 위해 나를 비우고
나인 그대
하안거에 든다

하늘이 교실로 내려온다

가끔은
열어놓은 창으로
하늘이 교실로 내려온다
아이들이
푸른 잠에 싸인다

수업시간,
조는 아이나 팔베개를 하고 자는
아이들 얼굴이
참 평화롭다
평화를 파괴할 권리는
누구에게도 없다

예 배

합장
무릎 모은다
산목단 붉은 속
흰 함박으로 흔들리고
산비둘기 날면
풍경 운다
고운 그대
묵언

축복하소서
축복하소서
하늘이여 축복하소서
모든 인연이여
그 아름다운 그리움이여
그 빛나는 아픔이여
주여!
축복하소서

작설차

찻잔 들면
지리산 자락
아침 안개 피어오른다
혀 끝에 와 맺히는
짜릿한 아픔

출근 하면
녹차 한 잔 우려 마신다
참새 혓바닥만한 어린 잎
찢기고
덖이고
포장되고...
나는 왜 이렇게
차 한 잔도 편안히 못 마실까

노랑붓꽃

어제 시작한 비
오늘도 내린다
하룻밤 사이
빗발에 사연이 묻어 있다
강당 옆 노랑붓꽃
더욱 함초롬하다

하룻밤 사이
어제 그 아이들이 아니다
아이들은 그렇게 매일 자란다
나도 어제
비를 맞으며 돌아다녔다
얼마나 더 컸을까

비 개인 날

비 개자
새 한 마리 날아오르고
어느 골짜기
산딸기 익는다

아이들은
언제나
제 모습으로
제 자리를 찾아간다
내 의심을 그들은 개의치 않는다

촛불

엄마가 운다
수제비 뜨다 운다
효순아
미선아
감꽃 떨어지며
새소리 흔들린다

1년 동안
깃발이 많이 바랬다
우리도
함께
바래가고 있는가
두렵다

*어젯밤 시청 광장에서 반가운 얼굴 많이 보았다

소나기

소나기 지난 뒤
하늘이 빛난다
깔끔하고
확실하다

어려운 부탁을
힘들게 한다
"그래요"
그는
너무도
명쾌하다

이 사

사립 옆 살구
노랗게 익는다
우물가 앵두나무
뒤란 대숲
댓바람 소리
이삿짐
쌀 수가 없다

우리 할아버지
가져갈 수 없는 살림살이가
너무 아까워
이사를 못했던 것 같다
나는 어제
뚝딱
또 다른 아파트로
이사를 했다

푸른 그늘

돌담에 엉겨 붙어
담쟁이 운다
후박나무 푸른 그늘
그립다

며칠 전까지도
씩씩하던
전성하가
오늘 새벽
갔다
나는 오늘도
담쟁이처럼
조막손으로
온갖 것 움켜쥐고
허덕거리고 있다
부끄럽다

그리움

누구나
누군가가 절실히 그리울 때가 있다
아침
밀리는 지하철에서는
더욱 그렇다

그가
아무리
멀리 있다 하더라도
보고 싶어할
구체적 대상이 있다는 것은
얼마나 행복한 일이냐?
눈 감으면 보이지만
그래도 그립다

각시원추리

눈물도
땅 속으로 들어가면
흙이 될까
작은 계곡
너럭바위 옆
각시원추리 고개 내민다

수업시간
자는 애 등짝 한 번 때린 게
그렇게도 미안하다던
전성하도
갔다
각시원추리 키우러
흙으로 갔다

*오늘 아침 영결식장에서 본 그의 얼굴은 너무나 고왔다

기 도

날 선 절망
빛나는 우울
그 뒤편 그늘진 곳
여린 꽃 한 송이
합장하고 있다
샨티

오늘
연가투쟁
수많은 꽃들
무릎을 모으고 있다

*샨티는 산스크리트어로 '평화'를 뜻한다

넝쿨장미

그날의 뜨거운 투쟁
뒤풀이 술자리에서
일몰처럼 사위어가도
그대 담장으로 뻗는
넝쿨장미의 발기한 순
어둠이 내려도
지치지 않는다

*꽃 진 자리에서
새순이 돋듯이
싸움은
그렇게 언제나
새롭게 시작된다*

**오늘 교과서운동본부 회의에 참석하여 치열한 토론을 했다
참 조용한 일요일 오후였다*

장 마

바람에 밀려온
지친 빗소리 들린다
젖꼭지 같은 까만 오디도
비에 젖고
나의 노래
장마권에 들다

6월도 하순
언제나
아이들보다
교사들이 먼저 지친다

*오늘부터 장마가 시작된다는 일기예보가 있었다

갈 대

갈대는
제 몸을 흔들어
부러지지 않는다

누가
갈대를
약하다 하는가
누가
갈대를
뿌리가 얕다 하는가
모진 바람에
일제히 눕는
갈대숲은
너무도
완강하다

*개교기념일, 빈 교무실에서 조직을 생각한다

홍모시범나비

어느 암자 깊은 뜨락
수국 피자 비 내리고
홍모시범나비 한 마리
솔숲으로 날아든다
마치 아무 일도 아닌 것처럼

학교는
언제나
마치 아무 것도 아닌 것처럼
그렇게 돌아간다
세상도 그렇고
아이들도
그렇다

*원영만 위원장을 비롯 지도부 여덟 명 체포영장 발부되었단다

눈 물

장마 사이
저렇게 맑고 깨끗한 하늘
플라타너스 잎에 떨어지는
저 고운 햇살
내 눈물
숨을 곳 없다

누구나
제 본래의 모습은
맑고
곱다
아이들은 더욱 그렇다

산 행

북한산
비 내린다
후둑후둑 산 이파리들 울고
계곡은 물안개 피워올리고
어느 암자 풍경 소리
다시 그대가 그립다

원래의 전성하 쾌유를 비는
낮은뫼 산행이
추모 산행이 되었다
전성하는
왕생극락 완쾌되었다는
누구의 주장에
모두들 고개를 주억거렸다
그래도
우리는 비를 맞으며
막걸리를 왕창 마셨다

합 장

깎은 머리칼 자라듯
그대
자유
평화
그렇게 자라라
우리의 사랑
그렇게
새롭게 자라라

삶이
사랑이라면
가르치는 일도
사랑이다
'온전함'을 이루기는 어렵지만
죽는 날까지
삼보일배로
그렇게
손 모으고
무릎 꿇고
절하며 살 밖에

바 위

계곡의 노래에
화음을 붙인다
때론
편편하다

바위의
제멋대로 생긴 다양함이
계곡물 소리의 모체다
다양함과 어울림
이것이 계곡의 본질이다
편편한 바위는
깊은 사랑이
하늘과 닿을 수 있어서
더욱 좋다

꽃 뱀

작은 꽃뱀 한 마리
바위에 앉아
비단개구리와 공기놀이를 하고 있다
아름답다

아름다운 조화는
추함이나 노여움까지도
멋지게 만들 줄 안다
작은 꽃뱀이
사람이 지나가도
놀라지 않는다
비단개구리 옆에 앉아도
개의치 않는다

지독한 사랑

햇볕 환한 곳은
물이 뜨겁다
지독한 사랑에 빠져 있다

구름을 헤치고
나무를 뚫고
계곡물 위에
떨어지는 햇볕은
너무도 맑다
잡티가 섞여 있지 않다
그 힘이
계곡 물을 달군다

숨 결

계곡은
숨결이다
어우러지며 흐르는
거친 숨결이다

어우러짐 그 자체가
하나의 유기체다
그것에는 생명이 있고
삶이 있다
그리고
가장 아름다운
사랑도 한다

사랑 1

내가
계곡을 사랑한다는 것은
계곡의 모든 것을
사랑하는 것이다
내가
그 누구를
사랑한다는 것은

계곡 속으로 깊이 들어갈수록
계곡은 험하고 가파르다
소용돌이 치는 물여울 발목을 휘감는다
한번 깊숙이 빠져들면
돌아나가기도 힘들다
그러나 계곡의 실체와 진실은
거기에도 있다
내 사랑이 진실이라면
그 모든 것을 사랑하는 것이다

사랑 2

내 마음에
따뜻한 강물
겁 없이 흐른다
때론
범람한다

가뭄이 엊그제인데
벌써 홍수 걱정에
티브이가 요란하다
강물이 흐르고
때론 범람하는 것
그것은 자연이요 순리다
무엇이 두려우랴

제 4 부

나목가 묻는다

농 성

그대
먼 산사에서 꿈쩍도 않고
나는 오늘도
초라한 내 마음의 성 안에
혼자 갇혀 있네

단식농성 열흘째
농성을 생각한다
혼자 스스로 갇혀서
무얼 기다리는가
내가 성을 지키는 동안
우리 군사들은 그 힘으로 얼마나
더 힘차게 싸울까
적은 산사처럼 너무나 멀다

비

칼날 세우는
날 선 바람
소리
밤새 비닐 천막에
온 몸 으깨지는
소리

때로는
비닐우산에 듣는 빗방울 소리가
그렇게도 아름답지만
밤새 농성장 펄럭이는
비닐 천막에 떨어지는
빗방울 소리는
아픔과 눈물이었다

까치

오늘도 싱싱한 부리로 아침 하늘을 쪼갠다
십 년이 한결같다
지치지 않는 날개짓
아마 보여줄 수 없는
지독한 사랑을 하고 있나 보다
그해 유월
명동성당의 그 까치

우연인가
10년 전 이맘때
나는 명동성당에서
단식농성을 하고 있었다
10년 만의 농성
날수도 비슷하다
지치지 않는 무엇인가가 있다
사랑이라 해두자

물을 마시며

욕된 삶을 생각한다
각진 플라스틱 용기에 담겨
농성장 구석에 나뒹구는
깊은 땅 속 바위 사이가 고향인
강원도 평창 샘물

단식 열이레째
새벽에 일어나 물을 마신다
플라스틱병 주둥이에
주둥이를 댄다
때로는
산다는 것이
구차스러울 때가 있다

심 장

그대는 언제나
거침없이 살라 하고
나는 매사에 쫀쫀하다
그래서 심장도
단번에 멎어버리지 못하고
부정맥으로 속을 썩인다

부정맥이 심해져 위험하단다
절대 안정이 필요하단다
구급차가 오고
실려서 병원으로 가며
속이 상했다

나무가 묻는다

밤새
비닐 천막 밖에서
비바람 온 몸으로 맞으며 견딘
나무가 묻는다
너는 왜
배부르게 물 마시면서
단식한다 하느냐고
거기다가
소금까지 곁들이면서

아침에 보면
밤새 비바람 맞은
느티나무며 소나무며
더욱 푸르고 싱싱하다
물만 먹고 살면서도
그들은 언제나 겸손하다

여의도역에서

지하철은
입과 똥구멍이 하나인
강장동물이다
끊임없이 삼키고 내갈긴다
우리는 모두
똥

국회의사당으로
검은 양복을
그럴듯하게 차린 분들이
한껏
거드름을 피우며
들락거린다
그들에게서
심한 구린내가 난다

꿈

여의도로 이름 바뀐 뒤
보기 어렵다는
흰 배추나비 한 마리
팔락 팔락
천막 안을 기웃거린다
참
곱다

아스팔트 지열과
자동차 매연 등으로
모기도
제대로 힘을 못 쓰는 농성장
너섬 시절
아마 이곳도
배추밭이거나
대파 주먹꽃
줄지어
피어 있었겠지

누가 몰래 갖다 놓았을까

누가
몰래 갖다 놓았을까
농성장 구석
새 양말 몇 켤레
비닐 천막 안
그윽히
난향 넘친다

마음 씀씀이
고운 사람 너무나 많다
비에 젖은 양말 안쓰러워
마음 아파하는
그 마음이 너무 예쁘다
고운 마음보다
더 큰 힘은
없다

양수리

사랑이 고파
허기질 때면
그대여 우리
두물머리로 가자
거기는
먼 길 달려온 두 물
비로소 서로 만나
덥석 손 잡고
허리부터 휘감고 뒹구는 곳
온갖 치레도 부끄러움도
소용돌이 물살에 띄우는 곳
손만 잡고 있어도
온 몸 섞이는 곳

몇 번 지나쳐 본 양수리는
상상으로도 충분히 신나는 곳이다
밤에는 그곳도 어둠 속에 두 물 만나
허리 휘감고 소용돌이 치겠지
도농역 지나는 기차 소리 아련히 멀어진다

기다림

30분을 못 참아
안절부절 못하는
젊은 친구에게
평생을 기다렸다네
노신사
눈 감고 있네

출발하기도 무척 힘들었다
분단 최초의 8·15 남북 공동행사
양쪽 정부의 입장이 부딪히면서 사흘을 엎치락뒤치락하다가
이틀 전까지 방북이 취소되었다가 출발 전날에야 허가로 돌아섰다
김포비행장에서도 기다리기를 네 시간, 겨우 비행기에 오를 수 있었다
하늘에서 또 한 시간, 순안공항에 도착하고도 비행기 문은 열리지 않는다
비행장 건물 앞에 아침부터 나와 기다린다는 환영 인파는 울긋불긋한데
무엇이 문제인지 책임 맡은 분들의 얼굴은 굳어 있기만 하다
50년도 더 기다려서 여기까지 왔는데 뭘 그렇게 안달이냐고
문익환 목사님이 어디선가 나무라시는 것 같다

평양 첫 인상

낡은 집들
깨끗한 거리
편안한 얼굴들

평양은
북녘의 얼굴
계획된 도시의 정형이라 평가되는 곳
회색 건물에 회색 옷들
건물보다 옷보다
더 검은 얼굴들
가장 누추해 보이면서도
가장 아름다운 곳
평양

주체사상탑

200m도 넘는 돌탑 위
불꽃만 25m
그 웅장한 주체사상의 불꽃이
불 꺼진 평양 거리
낡은 아파트의 거대한 침묵 위에서
혼자 타오르고 있다

사상이란 무엇인가
그 거처는 어디인가
인간만이 만들어 귀하게 품고 있는 이 알 수 없는 존재
이 거대한 석조물처럼 인간의 다양한 사상을
그렇게 한 곳에 모아 하나의 불꽃으로 타오르게 할 수 있는가
만리장성이나 콜로세움, 또는 피라미드처럼 언젠가는 허물어지는
인간의 오만의 조형물, 그 허물어진 자리에서
스스로 돋아나는 야생초처럼 그렇게 다양하게 인간은
그 진솔한 자기의 삶을 꽃 피우는 것이 아닌가
그것이 인류의 역사가 아닌가

향산 가는 길 1

남쪽에서는 서울을 멀리 떠날수록
마음이 편안하고 가벼워지는 것처럼
북쪽에서도 평양에서 멀어질수록
아름답다

평양도 만만치 않은 도시다
종류는 다르지만
서울에서 느끼는 절망감이 거기도 있다
어마어마한 고층 빌딩의 아파트들 거대한 조형물들
길거리 곳곳에서 눈을 부라리고 있는 낯선 구호들
북녘의 산과 내는 아직 덜 오염되었다
특히 마음대로 굽이굽이 흐르는 내나 개울은
품고 흐르는 맑은 물빛과 함께
너무도 아름답게 거기에 그렇게 있었다

*북쪽에서는 묘향산을 향산으로 더 많이 부른다

향산 가는 길 2

향산 가는 고속도로
그 135km에
마주 오는 차가 없다
가끔 남루의 인민이
싸리비로 아스팔트를 쓸고 있다

자동차 전용도로에 차가 거의 다니지 않는다
햇살만 빛나는 너무도 조용한 길이어서
나는 좋은데 이곳 안내원은 어색한 웃음을 짓는다
정주영이 소떼 몰고 올라올 때 타고 와서 두고 간 버스로
우리가 가고 있다. 텅빈 도로를 질주하고 있다
멀리 가까이 펼쳐지는 조국 강산 너무도 평화로운 아름다운 풍경들
그 산과 물은 하나였다. 묘향산으로 가는 길은
너무도 깨끗한 하나의 길이었다

삼지연 비행장

해발 1500m
백두고원 자락
이끼 긴 활주로 가에
민들레 홀씨 피었네
호- 따뜻한 입김 불어
그대에게 날려 보내네

삼지연은 백두산 등정의 출발지이다
백두고원 1500m 높이의 삼지연 비행장은
비행장이라기보다 제법 넓은 산 속의 빈 터이다
산새들은 맑은 소리로 고운 햇살을 쪼고 있었고
갖가지 풀꽃들은 제 모양 제 빛깔로 손 흔들고 있었다
낮은 기온 탓일까 활주로 콘크리트 틈새 작은 민들레
한 포기 꽃대궁을 힘차게 내뻗고 홀씨를 날리고 있었다

노랑별꽃

당신은
애기똥풀 같은
작은 별꽃들을 좋아했지요
백두봉 가는 길 온통
노랑별꽃들로 반짝여요
가끔은 구절초
외롭게 피어 있고요

올라갈수록 길가에 작은 꽃들이
융단을 이루며 피어 있다
작은 것의 아름다움이 점점이 빛나고 있었다
높이 오를수록 풀꽃들은 크기가 작다
이름을 모르는 그 작은 꽃들을 그냥 '별꽃' 이라 불러보았다

자작나무

하얀 껍질 자작
매끈하게 뻗은 허리
그 고운 허리
덥석 안고 싶어요

자작나무는
그 잘생긴 하얀 윤기 나는 몸매로
나무 중에서도 고운 여인으로 비유된다
이깔나무 숲 사이에서 자라는 자작나무는
이깔나무를 닮아
가지를 옆으로 많이 뻗지 못하고
너무나 미끈하게 곧게 자라고 있었다
북쪽에서는 숨나무라고도 부른다

매발톱꽃

보라색 매발톱꽃
고운 이불이네
구름 속으로 해 들자
첫날밤이네

점점이 은하수 반짝이듯
피어 있는 작은 별꽃들 가운데
이깔나무 숲 도로변에 가장 많이 피어 있는 것이
매발톱꽃이다
귀찮게 이름을 묻는 나에게
안내원이 처음에는 만병초라고 했다가
또 누구는 신경초라고 하더니
마지막으로 합의한 이름이 매발톱꽃이다
이 이름도 틀렸는지 모른다
사실 이름은 실체와 상관없는 이름일 뿐이다
이름에 집착하는 순간 실체는 빛이 바랜다

백두고원

백두산에 오르면
천지가 있습니다
천지를 등져야
대평원이 보입니다

백두봉 정상에서 천지를 등진다는 것은 대단한 일이다
가장 아름다운 것조차 버릴 줄 아는 용기가 필요하다
그런 용기 앞에 광활한 백두고원은 겉치레 의상을 벗어버리고
알몸으로 거기에 누워 있다
구름 지나고 바람 불 때마다 온몸 출렁인다
아래로부터 힘이 솟는다

숲

백두 정상에서 밀영지나 삼지연까지
이깔나무 가문비나무 점점이 자작나무
감기고 뒤엉키고 올려뻗어 하늘 가리고
그대와 나 이 숲속에 들면
눈길 서늘한 두 마리 짐승

아침 햇살이나 저녁 노을마저 허락하지 않는 곳
숲속은 언제나 컴컴하다
그곳에는 거기서 함께하고 있는 것끼리의
조화와 윤리가 있다
감히 그 안을 기웃거려도 되는 것일까
때론 간절히
짐승이 그리울 때가 있다

삼지연 물싸리

애기똥풀 닮은
삼지연가 물싸리꽃
노랗고 작은 꽃 속에
그대 얼굴 있네

삼지연 호수는 백두산 자락
백두고원 어름에 자리잡은 아름다운 호수다
깊은 삼림에 싸여 고요히 신비로운 숨 쉬고 있었다
온갖 산짐승과 크고 작은 새들
이름 모를 곤충과 벌레들이
목을 축이고 있었다

산과 물, 또는 강함과 부드러움

도 종 환

1. 산과 물, 또는 강함과 부드러움

지난해 전국민주노동조합총연맹 대의원대회장이 폭력사태로 얼룩졌을 때, 고함과 몸싸움과 드잡이와 날아가는 의자와 하얗게 단상을 점거한 소화기액과 아수라의 한복판에서 입을 굳게 다문 채 바위처럼, 어두운 산처럼 앉아 있는 이수호 위원장의 얼굴을 본 적이 있다. 나는 참으로 막막하고 아득하였다. 사회적 교섭이라는 의제를 실천해 보지도 못한 채, 투쟁과 대화를 병행하겠다는 말을 실행해 보지도 못한 채 조합원과 국민들의 실망과 반성에 대한 책임을 지고 이수호 위원장이 자리에서 물러난 뒤에도 나는 굳게 입을 다물고 있던 그의 얼굴이 오랫동안 잊혀지지 않았다.

이번에 그의 시 원고뭉치를 건네받았을 때 사실 나는 읽고 싶은 마음이 없었다. 지금까지 그가 교육운동 노동운동을 하며 얼마나 바쁘게 살아왔는지를 알고 있는 나로서는, 그가 언제 시를 쓸 시간이 있었으며, 그의 삶에 시가 차지하는 비중이 얼마나 되겠는가 싶었다. 떠밀리다시피 단시 몇 편을 훑어보고 나서도 편견은 별로 달라지지 않았다. 어딘가 시적 완성도도 떨어지고 무슨 말인가를 하려다 만 듯도 싶고 단상에 머무는 것 같았다.

원고를 밀쳐두고 있다가 그래도 해설이라도 몇 줄 쓰려면 아주 안 읽어볼 수는 없어서 며칠 뒤 시들을 뒤적였다. 한 편 한 편 읽어가면서 괜찮다 싶은 시들을 따로 분류하던 나는 좋은 시들이 점점 쌓여가는 걸 보고는 자세를 고쳐 앉았다.

우리의 모든 구호는 모든 깃발은 모든 함성은 모든 투쟁은
모든 운동은 그래서 모든 삶은 사랑이어야 한다
싸안으며 싸안으며 가르치는 범어사를 아시나요
우리 목숨을 부지시키는 것은 하루 몇 끼의 밥그릇이 아니라
결국은 퇴색하고 마는 이념의 회색빛 관념이 아니라
사랑
그것은 구체적인 사랑이라는 것을 가르치는
그 시간의 범어사를 아시나요
— 「범어사를 아시나요」 중에서

그는 구호와 깃발과 함성과 투쟁과 운동 모두를 사랑으로 감싸고자 밤을 새고 있었다. 우리의 목숨을 부지하게 하는 것이 밥그릇이나 이념이 아니라 구체적인 사랑이라고 말하고 있었다.

그는 자신을 범어사라는 공간, 밤이라는 시간 속으로 데리고 가그 속에서 홀로 성찰의 시간을 갖고 있었다. 어두운 시간을 통과하여 아름다운 자유인으로 거듭나고자 자신과 싸우고 있었다. 남을 향한 미움, 밖을 향한 원망이 아니라 성찰과 반성을 통해겸허해지고자 애쓰고 있었다. 그러나 관념의 굴레에서 해방되어자유인으로 날개를 펴고자 하는 것이 도리어 관념적인 희망사항이 아닌가 의구심을 가지면서 나는 다른 시들을 읽어나갔다.

내가
계곡을 사랑한다는 것은
계곡의 모든 것을
사랑하는 것이다
내가
그 누구를
사랑한다는 것은
　　　　—「사랑 1」 전문

이 시는 사랑에 대한 그의 생각을 드러내 보여준다. "계곡을사랑한다는 것은 / 계곡의 모든 것을 / 사랑하는 것이다"라고할 때 이 사랑은 대책 없는 사랑이다. 모든 것이라고 하면 좋은것과 나쁜 것, 마음에 드는 곳과 들지 않는 곳, 아름다움과 추함, 깨끗함과 더러움, 장점과 결점 전부를 말하는 것이다. 그 모든 것을 다 사랑하겠다는 말이다. 특히 계곡은 험하고 가파른 곳이 있고 소용돌이 치는 곳이 있으며 날카롭고 예리한 바위나 미끄러운 이끼도 있다. 잘못 빠져들었다가는 돌아나오기도 힘들고 자칫하면 목숨을 잃기도 한다. 그런데 계곡의 모든 것을 사랑하겠다고 말하고 있다. 사람에 대한 사랑도 마찬가지라고 하고 있다.

「바위」라는 시에 덧붙인 단상에서는 "바위의 제멋대로 생긴 다양함이 계곡물 소리의 모체다. 다양함과 어울림 이것이 계곡의 본질이다." 이렇게 말하고 있다. 아름다운 계곡물 소리는 바위의 제멋대로 생긴 그 다양한 모양들을 뚫고 지나온 소리들이라는 것이다. 다양한 모양들을 거쳐 흘러내려오는 소리들이 어울려 아름다운 물소리를 내는 것이라는 말이다. 그는 거친 계곡에서 다양함과 어울림이라는 중요한 화두를 발견해낸다. 노동의 가치, 인간다운 삶을 추구하고자 하는 방법의 차이로 인해 대립하고 분열하였으며, 그로 인해 상처받고 물러나 앉아 그는 도리어 다양함과 어울림이 아름다운 가치를 창조해낸다는 것을 발견한 것이다.

언젠가
두물머리를 지나
비로소 북한강 그 도도한 짙푸름의 깊은 곳
불 붙은 산 그리메가 일렁일 때쯤

나는 종알거렸지요

산은 강을 건너지 못하지만

보세요

강은 저렇게 산을 가르고 흐르잖아요

운동이 힘이지요

　　　　—「당신」중에서

"산은 강을 건너지 못하지만" "강은 저렇게 산을 가르고 흐르잖아요" 라고 말하는 산과 강의 대비에서 그는 강의 편에 서 있다. 산은 불변의 상징이다. 무거움과 육중함, 높고 거대한 것, 꼼짝도 않고 움직이지도 않는 가치를 표상한다. 그에 비해 강은 변하는 것, 유연함과 부드러움, 낮고 약한 것, 함께 모여 흘러가는 것을 상징적으로 나타낸다. 두 개의 대립되는 가치 중에 화자는 강으로 상징되는 가치에 더 많은 의미를 부여하고 싶어한다. 무거운 것, 높고 거창한 것은 낮은 것을 건너지 못하는데 유연한 강물은 육중한 산을 가르며 흐른다는 이치를 발견한다. 그게 운동의 힘이라고 말한다.

　강이 지니고 있는 연대성, 유연성, 지속성이야말로 운동의 가장 큰 힘이라는 것이다. 막히면 돌아가지만 멈추지 않는 것이 물이다. 가로막으면 넘치게 되어 있는 게 물의 힘이다. 언제나 낮은 곳을 택하여 가지만 그런 자세로 인해 수백의 물줄기가 그곳으로 모이게 하는 것이 물의 속성이다. 담기는 그릇에 따라 모양을 달리하는 것 같지만 결코 근본을 바꾸지 않는 것이 물이다. 물이 지닌 이런 성정을 배우고 거기서 운동의 힘이 무엇인지를 깨닫는 자세를 대하며 비로소 나는 그의 시들을 신뢰하기 시작했다.

그리고 물의 이미지가 바탕이 되어 있는 시들이 시집 곳곳에 산재해 있는 것을 발견할 수 있었다.

다시 내가
그 계곡을 그리워하는 것은
그 계곡 어느 깊은 곳에
마르지 않는 샘이 솟고
그 샘이 눈 속을 흐르며
눈 속에 묻힌 바위들을
그 힘줄이 불끈불끈한 바위들을
부드럽게 만지며
그 바위 밑에 웅크리고
겨울 숨을 쉬고 있는
꺽지며 피라미며
그 작은 것들을 보듬기 때문일까
　　　—「계곡을 그리워하며」 중에서

눈물이 필요하다

이렇게 더러워진 내 안에

그렇게 맑은 샘이 있을까

그 샘이 마르지 않고

사랑의 눈물이 끊임없이 솟을 수만 있다면

그래서 그 물이 계곡을 이루어

완강한 산과 바위를 뚫고 흘러

평등의 강을 이루고

마침내 아 마침내

평화의 바다에 이를 수만 있다면

　　　　—「다시 눈물의 시대를 꿈꾸며」중에서

내 마음에

따뜻한 강물

겁 없이 흐른다

때론

범람한다

　　　　—「사랑 2」전문

「계곡을 그리워하며」에서는 강하고 억센 것을 부드럽게 매만지며 쓰다듬는 것이 계곡에서 솟는 샘물이다. 강한 것이 약한 것을 누르며 지나가는 것이 아니라 약하고 부드러운 것이 강한 것을 매만져 작은 생명들이 살아갈 수 있게 한다고 보고 있다.

「다시 눈물의 시대를 꿈꾸며」와 같은 시에는 눈물 속에 물의 이미지가 내포되어 있다. 이 시의 눈물은 참회와 자성의 눈물이다. 크고 거창한 담론을 실천하기 위해 삭발을 하였지만 내 안의 폭력, 내 마음의 전쟁을 극복하지 못하면 한순간에 위선이 될 수 있다는 두려움에서 자성의 눈물이 필요하다는 생각을 한다. 그리하여 폭력이 아닌 사랑의 맑은 샘이 끊임없이 솟아 그것이 완강한 산과 바위를 뚫고 흘러 평등의 강을 이루고 평화의 바다에 닿기를 소망하는 것이다. 여기서는 산과 바위의 완강함과 물의 자정 기능이 서로 대비되어 있으며 자성과 참회의 의미를 담은 물의 이미지는 평등의 강, 평화의 바다로까지 그 의미를 확장해 간다.

그리하여 마침내 「사랑 2」에 이르면 겁 없이 흘러 범람하는 상태에까지 이르는 모습을 보게 된다. 그것이 사랑이라고 생각하는 것이다.

빨간 머리띠를

그대 머리에 묶는다

내 머리칼 잘려 흩날리던 그날 아침

그대 그 눈물이

내 마음에 흐른다

너무도 강하고 부드러운

한 조각

천

—「머리띠를 매며」 전문

그리하여 가장 강한 것과 가장 부드러운 것의 조화가 바로 투
쟁임을 머리띠를 통해 보여주고 있다. 빨간 머리띠를 머리에 묶
으며 화자는 잘려나가는 머리칼을 보며 눈물을 흘리던 그대를
떠올린다. 삭발이라는 단호한 결단의 행위와 이를 지켜보는 그
대의 눈물이 합쳐진 투쟁은 강함과 부드러움, 단호함과 슬픔의
통합을 넘어 눈물의 연대까지를 아우른다. 눈물 없는 투쟁이나
투쟁 없는 눈물은 승리를 가져오지 못한다. 눈물 없는 투쟁은 황
폐해지기 쉽고, 투쟁 없는 눈물은 패배의 길로 가고 만다. 둘 다
사람의 마음을 얻지 못하는 투쟁이 되기 쉽다. 눈물로 매는 붉
은 머리띠, "너무도 강하고 부드러운 / 한 조각 / 천"은 그리하
여 단순한 한 조각 천이 아니라 천 사람의 마음을 얻는 투쟁의
휘장이 된다. 가장 부드럽기 때문에 가장 강할 수 있다는 역설
을 발견해낸 이 시는 이 시집에 실린 시 중에서도 빼어난 절창이
다.

2. 화(和)의 논리, 동(同)의 논리

"군자 화이부동 소인 동이불화(君子 和而不同 小人 同而不

和)"라는 말이 있다.

『논어』에 나오는 말이다. 군자는 화합하면서 똑같아지기를 강요하지 않고, 소인은 같은 점이 있어도 화합하지 못한다는 말이다. 『논어』의 이 화동론(和同論)에 대해 신영복 선생은 근대사회 즉 자본주의 사회의 본질을 가장 명료하게 드러내는 담론이라고 말한다. 화(和)는 다양성을 인정하는 것을 의미한다. 관용과 공존의 논리이다. 반면에 동(同)은 다양성을 인정하지 않고 획일적인 가치만을 용납하는 것을 의미한다.

화(和)의 논리는 자기와 다른 가치를 존중한다. 사람과 사람, 문명과 문명, 국가와 국가 간의 모든 차이를 존중한다. 차이와 다양성이 존중됨으로써 비로소 공존과 평화가 가능하며 문화의 질적 발전이 가능한 것이다. 공생의 논리이며 소통과 똘레랑스의 논리이다. 수평의 평등 논리이다.

동(同)의 논리는 지배, 흡수, 합병의 논리이다. 힘의 논리이고 강자의 논리이며 폭력의 논리이다. 극단적인 논리는 모두 동(同)의 논리에 기반하고 있다. 나와 똑같아지기만을 주장하는 논리는 수직의 논리이며 약육강식의 논리이다. 극우와 극좌 논리는 둘 다 힘의 논리이며 동의 논리라고 할 수 있다.

한 편의 시를 읽기가 얼마나 힘들며
한 사람을 만나기는 또 얼마나 어려운가
좋은 시 하늘 땅 사이 그 어디에도 없고

천지가 사람이지만 말 붙일 한 사람 없고
집회가 끝나고 사람들은 어디론가 흩어지고
시는 빈 광장의 휴지처럼 바람에 날리고
허리를 굽혀 무언가를 줍는 사람
어둠이 삼키려는 한 사람의 어깨에
힘겹게 손을 얹는 한 사람
그 사람의 어깨에 기대는 또 한 사람
쓰레기로 되는데 반나절도 안 걸리는
종이 위 설익은 이념 속에
시는 있지 않고
오염된 관념의 수렁에 빠진
한때의 동지는
자기가 무슨 일을 하는지도 모르고
도회의 하늘은 한 개의 별빛도 보듬지 못하고
허공에 매달린 플라타너스 마른 잎은
떨어질 자리조차 찾지 못하고
시는 길을 잃고 사람은 방황하고
작은 차를 함께 타고 우리는 이정표를 찾고 있었다
　　　　—「어느 날 어둠은 내리고」 전문

숨어 있는 친구에게 기쁨을 주기보다는
나는 네 놈 속마음까지 다 알고 있어 꼼짝 마

하면서 내 마음대로 상대를 규정해버리고
마치 머리 꼭대기에 앉은 것처럼
저 놈은 좋은 놈 저 새끼는 죽일 놈
하면서 살아가니
결국은 내가 얼마나 외롭고 불행한 놈이냐

언제든지 누릴 수 있는 작고 단순한 행복을 외면하면서
그 작은 것들이 모여서
세상은 그만큼 더 아름답고 풍부해진다는 것을 알면서
동지라는 참으로 귀한 말을
시궁창에 처박고 짓밟으면서
무슨 운동 합네 하고 살고 있으니
내 삶에 무슨 도움이 되겠는가
　　　　　—「충주호에서」 중에서

　이 두 편의 시는 실망에 대해 이야기하고 있다. 앞의 시는 시와 사람에 대한 실망을, 뒤의 시는 자기 자신의 사람에 대한 태도에서 오는 실망스러움을 이야기하고 있다. 앞의 시 「어느 날 어둠은 내리고」에서는 한 편의 좋은 시를 읽기 힘들고 말이 통하는 한 사람을 만날 수 없는 것을 안타까워하고 있다. 이 시의 배경이 되는 공간은 집회가 끝난 장소인데 집회가 열렸다면 얼마나 많은 사람이 모여 있었겠는가. 그런데 수많은 사람들이 모여 있는 곳에서도 소통할 수 있는 사람을 만날 수 없었다니 얼마나 역설적인 말인가. 그 원인을 시에 나오는 정황 속에서 찾는다면 그것은 "설익은 이념"과 "오염된 관념의 수렁에 빠진 한때의 동지" 때문이다.

설익은 이념과 오염된 관념은 동(同)의 논리가 밑바탕 되어 있다. 이념이 설익었다는 말은 삶으로 육화되지 않고 현실을 통해 검증되지 않았다는 말이다. 설익은 이념을 가진 사람들이 나만 옳고 나만 원칙을 주장하는 것처럼 행동하면서 얼마나 많은 동지들을 실망과 좌절과 분열로 몰아가는지 우리는 그동안 수없이 확인해 왔다. 극좌든 극우든 동(同)의 논리를 바탕으로 지배하고 흡수하려고만 하며 똑같아지지 않으면 참을 수 없어 하는 논리는 폭력의 논리이다. 화자는 그런 설익은 이념과 자기가 무슨 일을 하는지도 모르고 행동하는 관념에 오염된 동지를 보며 안타까워하고 있다. 그러나 그 안타까움이 반대편에서 똑같은 주장을 하는 편협한 것이라면 문제는 양쪽에 다 있을 것이다.

그런데 「충주호에서」를 보면 그 비판은 자신을 향해 있다. 상대방에 대한 선입견, 선험적 규정과 판단, 잘못된 분별심이 얼마나 큰 문제인가를 먼저 반성하고 있다. 동지라는 귀한 말을 짓밟으면서 무슨 운동을 한다고 하며 살고 있는가 하는 자기비판이 가해지고 있다. 동지에 대한 작은 관심, 작은 배려, 작은 기쁨이 행복의 밑바탕임을 말하고 있다. 그것이 언제부터 사라진 것일까를 생각하며 자신을 성찰하고 있다. 이런 생각이 동(同)

의 논리를 화(和)의 논리로 바꾸는 시작이다. 화(和)의 논리는
미움과 분열과 아집을 화해와 통합과 관용으로 바꾸는 논리이
다.

　　누가
　　몰래 갖다 놓았을까
　　농성장 구석
　　새 양말 몇 켤레
　　비닐 천막 안
　　그윽히
　　난향 넘친다
　　　　　―「누가 몰래 갖다 놓았을까」 전문

　　오늘같이
　　어디론가 훌쩍 떠나고 싶은 때가 있다
　　가다가 낯선 주막에서 막걸리나 왕창 마시고 싶은
　　그런 때가 있다
　　그럴 때 떠오르는 얼굴 있다
　　왜 어디로 가는가 묻지 않고
　　막걸리잔 말 없이 채워주는
　　그런 사람 있다
　　나도 누구에겐가

그런 사람이면 좋겠다
　　—「그런 사람」전문

이런 게 동지애이고 사랑이다. 비바람 몰아치는 농성장에서 단식을 하고, 바람에 날아가버릴 것 같은 비닐천막을 붙들고 밤을 새고, 그러다 비에 젖은 양말을 보고는 몰래 농성장 구석에 양말 몇 켤레를 갖다 놓는 이런 게 동지애다. 노동운동도 사람이 하는 것이다. 운동의 주체도 사람이고 운동의 목적도 사람이다. 사람이 사람답게 살 수 있는 세상을 만들기 위해 몸을 던지는 것이 운동이다. 그 운동이 사람을 사랑하지 않고 사람다운 모습을 지니지 않은 채 행해진다면 그건 운동이 아니다. 변형된 권력욕일 뿐이다.

"왜 어디로 가는가 묻지 않고 / 막걸리잔 말 없이 채워주는" 그런 믿음이 동지애다. 누구나 그렇게 힘들고 어렵고 무겁고 상처 많은 삶으로부터 훌쩍 떠나고 싶은 때가 있다. 사실은 운동하는 사람일수록 더 그렇다. 그럴 때 말 없이 믿어주고 목마름을 채워주는 사람, 그런 사람이 동지다. 우리는 누구나 그런 사람이 곁에 있어주길 바란다. 그리고 나도 누군가에게 그런 사람이 될 수 있기를 소망한다.

조화와 균형, 통일과 변화는 조형예술의 형식 원리이다. 운동도 마찬가지라고 생각한다. 조화와 화합을 이룰 줄 모르면 조직은 분열된다. 균형감각을 잃으면 운동은 편향되고 사업은 좌초

하고 만다. 다양한 주장들을 하나로 통일시켜 나가고 목표를 향한 집중성과 지도력을 보존해야 한다. 그러면서도 늘 새롭게 변화하고 거듭나야 한다. 운동도 예술적일 수 있어야 한다. 조화와 어울림은 예술의 원리만이 아니라 사람살이의 근본이기도 하고 운동의 원리이기도 하다.

우리는 눈을 맞으며 달려오는 친구를 걱정했다
다른 일로 오지 못하는 친구를 그리워했다
마주 앉은 친구는 더욱 살가웠다
직접 담가서 보내준 오디술을 마시며
젖꼭지 같은 오디가 까맣게 달린 산뽕나무의
그 윤기 나는 뽕잎을 떠올렸다

눈이 내리는 시간은 흘러갔다
우리의 이야기도 눈처럼 쌓여갔다
쌓이는 눈을 쓸어버리기 아쉬워하듯
그렇게 소리 없이 서로에게 쌓이기를 원했다
가끔 바람이 불었다
　　　　—「첫눈」 중에서

이 시의 공간 속에는 사람과 사람, 사람과 자연의 어울림이 있다. 눈이 내리는 춥고 어두운 공간 속에 있지만 따뜻함이 있고 어울림과 만남이 있고 흥이 있고 취가 있다. 친구들의 만남과 어울림, 눈을 맞으며 달려오는 친구에 대한 걱정, 오지 못하는 친구에 대한 그리움, 마주 앉은 친구의 살가움과 친구가 보내준 술을 함께 나누는 기쁨이 있다. 쓸어버리기 아쉬운 첫눈이 배경이 되어 있고 눈처럼 소리 없이 쌓이는 대화가 있다. 만남과 소통과 배려와 그리움과 걱정이 있다. 거기에 술의 넉넉함이 있다. 흥겨움이 있지만 도취는 아니다. 맑고 차가운 정신으로 깨어 있다. 그리고 동지에 대한 사랑이 있다. 이런 만남의 시간이 영원하지 않을 것이라는 예견, 헤어짐에 대한 두려움, 우리의 이야기도 사랑도 사위어갈지 모른다는 불안 그런 것도 생각하고 있다.

조화라는 말의 조(調)는 품격을 높고 깨끗하게 가지려는 행동을 말하며 화(和)는 서로 뜻이 맞아 사이좋은 상태를 말한다. 그러니까 조화로운 상태는 서로 뜻이 맞아 좋은 모습을 유지하면서, 잘 어울리는 모습으로 인해 품격이 높아진 아름다움을 말하는 것이다. 이 시는 그런 어울림, 조화의 아름다움을 잘 보여주고 있다.

빛이는 우리 막내딸이다
대학 졸업반이니 다 컸다
할 일도 많고 고민도 많겠지
거의 열두 시나 돼야 들어온다

가끔은 불쾌할 때도 있다
귀엽다
어제는 뻥튀기 강냉이 한 자루를 사왔다
이 늦은 시간에 이건 또 뭐냐는 엄마의 잔소리에
아줌마가 애 업고 팔고 있는데 그럼 그냥 와
한다
　　　　　　—「뻥튀기 강냉이 - 빛이」 전문

스무 명 남짓의 가난한 우리 교회
아무리 목이 터져라 소리쳐도
너무나 바쁜 21세기 예수님은
들르지 못하실 것 같다
예배가 끝나고 자장면을 먹었다
모처럼 남신도회가 한턱 쏘았다
서비스 군만두를 곁들여
목사님도 코를 처박고 잘도 드신다
예수님도 오셨으면 맛있게 드실 텐데
　　　　　　—「우리 교회 1」 중에서

　화자가 지니고 있는 어울림의 미학은 삶에서도 마찬가지이다.
화자의 딸로 보이는 빛이의 행동은 우리가 어떻게 살아야 하는
가를 잘 보여준다. "아줌마가 애 업고 팔고 있는데 그럼 그냥

와" 늦은 시간에 귀가한 데다 뻥튀기 강냉이를 사들고 온 딸을 나무라는 엄마에게 하는 이 말 속에는 인간에 대한 따뜻함과 배려의 마음이 들어 있다. 작은 것을 나누는 것이 사랑이라는 말이 시 안에 없지만 우리는 바로 그런 사랑과 나눔의 메시지를 읽을 수 있다.

시 속의 화자들이 얼마나 따뜻하게 나누며 살고 있는가를 잘 보여주는 시 중의 하나가 「우리 교회」 연작이다. 도시 변두리의 작은 교회, 신도래야 스무 명 남짓한 이 교회 사람들이 살아가는 모습은 따뜻하고 정겹다. 맥문동 까만 열매가 눈 속에 곱듯 작고 가난하지만 이들은 곱게 살아간다. 목사님도 자장면 그릇에 코를 처박고 잘 드시는 이 교회에 "예수님도 오셨으면 맛있게 드실 텐데"하고 화자는 말하지만 우리는 예수님이 그 곁에서 함께 자장면을 들고 계셨을 것임을 안다. 어른들은 모두 성가대원인 이 교회 사람들은 성가대 옷을 입으려면 뒤에서 단추를 잠가주어야 한다. "뒷사람은 내 옷을 입혀주고 / 나는 앞 사람의 옷을 입혀주면서 / 왜 그렇게도 마음이 뜨거워지는지 / 예수도 우리 교회에 오면 / 성가대원이 돼야 한다"(「우리 교회 3」)를 보면 이 교회 성가대원 사이에 예수님이 함께 서서 성가를 불렀을 것이 틀림없다.

3. 나의 배후, 너의 배후

이수호의 시가 보여주는 이런 사랑의 힘은 어디서 나오는 것일까.

누구에게나 배후는 있다
동해 일출과 서해 낙조
떠도는 구름 고운 별무리
그 뒤에는 언제나 하늘이 있는 것처럼
너의 뒤에도 하늘이 있다
어젯밤 너의 하늘은 온통 비바람이더니
오늘 아침 이렇게 햇살 곱구나
때로 나는 너의 배후를 의심하고
너의 하늘마저 질투해서
고민하고 몸부림치지만
너의 하늘은 너무나 커서
언제나 꿈쩍도 않는다
그래서 너는 언제나
고우면서도 빛나면서도
쓸쓸하면서도
폭풍우 몰아치고 캄캄하면서도

넉넉하고 당당하다

나의 배후는

너다

　　　―「나의 배후는 너다」 전문

"나의 배후는 / 너다"라고 말하는 이 시는 이 두 행을 제외하면 나의 배후에 대해서 이야기하는 게 아니라 너와 너의 배후에 대해서만 이야기한다. 뜨는 해와 지는 해, 구름과 별의 배후가 하늘인 것처럼 너의 뒤에도 하늘이 있다. 너의 배후는 하늘이다. 너의 배후를 의심하고 질투하고 고민하고 몸부림치지만 너의 하늘은 너무 커서 꿈쩍도 않는다. 그런 배후를 가졌기 때문에 너는 고우면서도 빛나고 쓸쓸하면서도 넉넉하고 당당하다. 하늘을 배후로 가지고 있는 네가 나의 배후라고 화자는 말한다.

　그럼 하늘을 배후로 가지고 있는 너는 누구일까.

어둠이 서서히 걷히고 있습니다

창 밖 느릅나무 노란 잎이 가볍게 흔들리고 있네요

언제 당신은 또 거기 와 계신가요

죽변항 등대마루 대숲을 흔들며 울부짖던 당신

하늘공원 억새 길을 걸으며

샛노란 들국 한 다발 꺾어주지 못해

안타까워하던 당신

산구비 돌 때마다

늦가을 자작나무 눈부신 살결

구름 비끼며 언뜻언뜻 빛나는 햇살로

수백 수천의 반짝이는 잎으로 환호하던 당신

이 아침 창 밖에서 서성이고 있네요

아 그래요 당신은

언젠가는 여의도 국회의사당 앞 빌딩 사이에서

대학로나 광화문 네거리에서

붉은 머리띠 넘실대는 군중의 파도 속에서

빛바랜 깃발들을 흔들고 있었지요

아직은 놓을 수 없는 깃발

누군가는 움켜쥐어야 할 시대의 깃발

당신은 오늘도 힘겹게 흔들고 있나요

오랜만에 편지를 씁니다

주소를 쓸 수 없는 그러나 언제나 내 곁에 있는

그리운 당신에게

　　　　—「편지」전문

아

당신이 오고 있다
인간의 한계 그 빛나는 계곡을 넘어
절망의 눈밭을 건너
상처의 다리를 끌며
산수유빛 점점이 핏자국을 남기며
내게로 오고 있다
　　　　— 「당신이 오고 있다」 중에서

천지에 가득한 안개는 적막을 감추고
멀수록 오히려 가까이
당신을 불러냅니다
들판 어디에나 있는 당신
　　　　— 「새벽 안개」 중에서

　이 시들에 나오는 당신과 너는 동격의 존재가 아닌가 싶다. 이 시집 속에는 '너 / 당신 / 그대'가 많이 나온다. '너 / 당신 / 그대'에게 화자인 '나'의 가슴속에 있는 이야기를 전하는 방식의 구조를 가진 시들이 많다. 이 '너 / 당신 / 그대'는 어디에나 존재하며 언제나 내 곁에 있다.

　「편지」에서 보면 느릅나무 노란 잎 사이에 와 있기도 하고, 죽변항 등대마루 대숲을 흔들며 울부짖기도 하고, 들국 한 다발 꺾어주지 못해 안타까워하기도 한다. 그런가 하면 구름 사이에 언뜻언뜻 빛나는 햇살로 있거나 수천 수백의 반짝이는 잎으로 환호하기도 한다. 여의도 국회의사당 앞 빌딩 사이에서 대학로나 광화문 네거리에서 붉은 머리띠 넘실대는 군중의 파도 속에서 빛바랜 깃발을 흔들고 있기도 한다. 자연 속에도 있고 도시 한가운데도 있고 노동자들 속에 있기도 하는 그는 구체적인 한 인간 이상이다. 그는 "주소를 쓸 수 없는 그러나 언제나 내 곁에 있는 / 그리운 당신"이다. 주소를 쓸 수 없다는 말은 이 지상에는 없는 사람이라는 의미이다. 그는 "멀수록 오히려 가까이" 있는 당신이고, "들판 어디에나 있는 당신"이다.

'너 / 당신 / 그대'는 지상이 아니라 천상에 있는 이다. 지상에 없지만 언제나 내 곁에 있는 너는 초월적인 존재이다. 그는 "인간의 한계 그 빛나는 계곡을 넘어 / 절망의 눈밭을 건너 / 상처의 다리를 끌며 / 산수유빛 점점이 핏자국을 남기며" 내게로 오는 분이다. 「당신이 오고 있다」라는 시에서는 좀 더 구체적인 예수의 형상으로 나타나기도 한다. 그러나 그는 단순히 초월적인 존재만은 아니다. "붉은 머리띠 넘실대는 군중의 파도" 속에 존재하는 분이다. 민중의 옆에 있는 주님이고 예수이다. 앞에서 하늘을 배후로 가지고 있는 네가 나의 배후라고 했는데 이 연쇄적인 수사의 고리가 같은 의미로 연결된 것이라면 나의 배후 역시 하늘이요 그 하늘을 배후로 가진 종교적 존재인 것이다. 거기서 사랑의 힘을 얻는 것이다. 거기서 화해와 조화와 관용과 너그러움과 어울림과 운동의 힘을 얻는 것이다. 물론 이 시집에 나오는 모든 이인칭이 다 신적인 존재만을 가리키지는 않는다.

누구나
누군가가 절실히 그리울 때가 있다
아침
밀리는 지하철에서는
더욱 그렇다
　　　―「그리움」 전문

백두 정상에서 밀영지나 삼지연까지
이깔나무 가문비나무 점점이 자작나무
감기고 뒤엉키고 올려뻗어 하늘 가리고
그대와 나 이 숲속에 들면
눈길 서늘한 두 마리 짐승
　　　―「숲」 전문

이런 시에서는 구체적인 사람의 모습으로 있다. 그리움의 대
상이기도 하고 짐승처럼 서늘한 눈과 자연스러운 몸을 가진 존
재로 드러나기도 한다. 그러나 앞의 시들이 종교적인 대상으로
제한해서 읽어서는 안 되는 것처럼 이 시들도 표면적인 의미를
꼭 사람으로만 제한해서는 물론 안 된다. 만해의 시처럼 사랑하
는 사람이면서 종교적인 대상이 되기도 한 다의적인 '너 / 당신

/ 그대'로 존재한다. 그리고 '너 / 당신 / 그대'에게서 사랑의
힘을 얻고 그 힘으로 세상을 사랑하는 것이다. '너 / 당신 / 그
대' 앞에 "항상 겸허하게 참회하는 / 믿음의 삶을 떠나지 않겠"
(「우리 교회 4」 중에서)다고 다짐하며 살고 있는 것이다. "겸허
와 참회와 믿음" 이것이 이수호의 시와 삶의 힘인 것이다.

> 지금도 내 마음의 날뫼에는
> 운석 대신 별똥이 소리 없이 지고
> 엄마가 팔다 남은 행상 보따리를 지고
> 언덕을 오르는 소년이 살고 있다
> ── 「별똥과 소년」 중에서

　지금도 마음 한가운데 "탄광에서 쫓겨난 아버지가 하꼬방 하
나를 마련해 둥지를 튼 / 도시 변두리 산동네" 날뫼가 자리 잡고
있는 시인. 가슴속에 "별똥이 소리 없이 지고 / 엄마의 팔다 남
은 행상 보따리를 지고 / 언덕을 오르는 소년이 살고 있다"는 시
인. 프로이트는 "모든 사람의 가슴속에는 시인이 살고 있다."고
했다. 이수호의 가슴속에 있는 이 소년이 시인이다.
　그는 우리나라 노동운동의 지도자이지만 "티없이 맑은 천진스
런 웃음"과 "언제나 맑게 깨어 있는" 영혼(「백남준」 중에서)을
지닌 사람을 좋아하는 시인이다. 그는 우리나라 교육운동의 살
아 있는 증거이지만, 치밀하게 분석하고 공부하는 서른일곱 살

젊은 판사의 이름 앞에 감격하는 고등학교 국어교사이다. 민주노총 위원장, 전교조 위원장을 했지만 다 내놓고 평교사로 돌아와 상담실 구석에 앉아 오늘도 아이들 가르칠 걱정을 하는 사람이다. "독선과 온갖 곡학아세로 민중을 속이고 상식을 병들게 하는"(「이종광 판사」 중에서) 지식인들을 부끄러워하는 곧은 사람이다. 이 모두를 합한 것이 이수호다. 이 중의 어느 하나만이 이수호가 아니라 이 모든 이름 전부가 비로소 이수호인 것이다.

시 읽어주는 위원장에서 시 가르치는 교사로

1999년 가을 갑자기 전국민주노동조합총연맹 사무총장으로 불려나가면서 나는 우리나라 민주노조운동의 최전선에 서게 되었다. 전국교직원노동조합 중심의 교육노동운동의 한켠에서 10년 해직생활을 하다가 겨우 복직한 지 1년 만이었다. 팔자를 탓하기에 앞서 그때는 운동이 먼저라고 생각했고, 노동운동이 튼튼하게 서야 사회가 건강해지고 나라도 바로 선다고 믿었기에 나섰던 것이다.

민주노총 사무총장의 역할이 그렇게 크고 복잡한 줄은 몰랐다. 금속 생산직에서 교수 전문직 지식인 노조에 이르기까지 업종의 다양함은 차치하고라도, 수만에 이르는 대기업 노조부터 열 명 이하의 영세 중소 노조에 이르기까지 그 천차만별을 다 이해하고 아우르는 일이 보통 일이 아니었다. 나를 더욱 당혹스럽게 한 것은, 민주노조 진영 내에서 이리저리 갈라지고 찢어져 있는 정파나 혹은 패거리였다.

민주노총 사무총국 동지들은 사무총장 시절의 나를 좋은 인상으로 기억하고 있다. 그것은 내가 탁월한 지도력을 발휘하거나 사무 능력을 통해서 업무를 원활하게 처리해서가 아니었다. 총 국 성원들의 생일날 그 동지를 생각하며 책을 고르고, 주고 싶 은 한 마디를 책갈피에 써서 준 마음을 그리워하는 것 같다.

2001년 1월 나는 전교조 합법 2기 위원장에 취임하였다. 교 육운동을 위한 마지막 봉사였다. 사실 나는 교육운동을 위해 내 가 할 수 있는 일을 다했다고 생각했다. 1983년 YMCA 중등교 사회에 가입하면서 시작된 나의 활동은, 1986년 서울 YMCA 중등교사회 회장으로 교육민주화 선언에 앞장섰고, 1988년 전 국교육자협의회 건설에는 사무처장 역할로 참여해 교육악법 개 정 싸움에 힘을 다했으며, 1989년에는 전교조 결성을 성사시켜 윤영규 위원장과 함께 조직을 대표해서 감옥에 가는 영광을 누 리기도 했다.

1993년 문민정부 들어서면서 원상회복추진위원회 위원장을 맡아 그해 10월 5년 만에 조직적 복직을 쟁취했고, 1998년에는 수석 부위원장으로서 어려운 여건 속에서 조직을 합법화시키는 역할을 했다. 나는 그때 전교조를 위해서 내가 할 수 있는 일은 다했다고 생각했다. 그리고 너무 과분했다. 그래서 나는 10년 만에, 다른 해직 교사들을 다 들여보내고 마지막으로 기쁘게 학 교로 돌아갔다.

그런 내가 다시 전교조 위원장으로 부름을 받았으니 감회가 남다를 수밖에 없었다. 사심 없이 합법 노조로서의 전교조 정체 성을 확립하고 조직을 대동단결시키는 기틀을 마련하는 것이 유

일한 나의 역할이라고 생각했다.

사립학교법 개정투쟁 등 제도 개선이나 사회 개혁투쟁, 민주노총을 중심으로 한 연대투쟁에 적극 나섰다. 특히 사립학교법 개정 싸움은, 당시 사립위원회가 중심이 되어 전국의 사립위원장들이 여의도에 있던 한나라당 당사 앞에서 노숙 농성을 벌임으로써 투쟁에 불을 붙였고, 전교조가 중심이 됐던 사립학교법 개정국민운동본부가 이 싸움의 중심에 섬으로써 본격화되었다.

나는 우리 사립위원장들의 선도투쟁을 이어받아, 전격적으로 단식농성에 돌입했다. 20여 일 혼자 단식농성을 하면서 여의도에서 밤낮을 보냈다. 6월 들어 시작한 농성이라 날씨가 고르지 못했고, 낮에는 지열과 먼지와 소음에, 밤에는 한기에 떨어야 했다. 비라도 오는 날이면 어설픈 비닐 천막으로 물이 새고 바람이 몰아쳐, 밤새 천막이 날아가지 않게 붙들고 있기도 했다.

이때 응축된 마음을 짧은 말로 표현하기 시작했다. 전교조 위원장으로서 투쟁의 구심 역할과는 다른, 오랜만에 자신을 응시하는 기회를 갖게 되었다. 그때 쓴 글들이 시의 모양으로 태어났다.

그해 8월에 나는 평양과 백두산을 방문했다. 남북이 함께 하는 8·15 행사에 남측 노동자를 대표해서 참석하게 된 것이다. 평양을 비롯한 북녘 땅을 밟는 것은 그 자체로 역사적 의미가 있는, 나로서는 감격스러운 일이었다. 초기 방문이어서 여러 가지 문제도 발생했지만 북쪽을 있는 그대로 볼 수 있는 좋은 기회였다. 내 마음으로 만난 북녘의 모습을 시에 담았다. 거기 머무는 기간 내내 몹시 마음이 아팠다.

전교조 위원장의 임기를 끝내고 2003년 나는 다시 학교로 복귀했다. 두 번째 복직이었다. 3월부터 2학년 문학을 강의하며 학교생활을 시작했는데 만만치가 않았다. 학생들과 눈높이를 맞추는 것이 그리 쉬운 일이 아니었다. 아직도 나에게는 걷어내야 할 거품이 많았고, 나의 말은 아이들이 씹기에는 거칠고 딱딱했다. 수업을 마치고 교실 문을 나설 때 참담한 기분이 들곤 했다. 이대로는 안 되겠다는 생각이 들었다.

6월 나는 하안거에 들기로 했다. 현장 교사로서의 자신을 다시 한 번 점검하고 나의 자리를 분명히 하지 않고는, 학생들 앞에 서는 것이 고통일 뿐이었다. 학교를 쉬면서 나무 수국 복스럽게 벙그는 어느 산사 암자에라도 들고 싶었지만, 그럴 수 없는 처지였다. 그런 마음으로 6월 한 달을 지내기로 했다. 그 명상의 고갱이를 모아 짧은 글 한 편씩을 매일 쓰기로 작정했다. 아직도 묵언에 이르기는 수양이 부족하기에 하루 종일 명상하고 대신 가장 짧게 쓰기로 했다. 짧은 시들은 그렇게 세상에 나왔다.

그러던 중 느닷없이 교육청으로부터 직위해제 통지서가 날아왔다. 전교조 위원장 시절 벌였던 연가투쟁에 대해 당시에는 말이 없다가, 전교조에 새 지도부가 들어서고 학교 정보관리시스템인 네이스(NEIS) 투쟁으로 갈등이 생기자 지난 일을 들추어 문제를 삼았다. 1심에서 집행유예의 실형이 떨어지자 교육감이 즉각 인사 조치를 한 것이다.

그래서 나는 또 해직이 되었다. 우여곡절 끝에 항고심에서 이겨 교사 신분을 유지할 수 있게 되었다. 직위해제 조치는 철회됐지만 나는 이미 민주노총 위원장에 당선된 뒤였다. 해직을 각오했기 때문에 나는 민주노총 위원장 선거에 출마했던 것이다.

사실 내가 직위해제 당하지 않고 학교에 계속 있었으면, 민주노총 위원장 선거에는 출마하기가 현실적으로 어려웠을 것 같다. 마침 그런 상황에서 선거가 닥치고 자의반 타의반으로 선거에 나가게 됐고 당선이 된 것이다.

나는 민주노총 위원장에 출마하면서 두 가지를 생각했다. 첫째는 조직 내의 과도한 정파주의를 극복하고 단결하는 데 힘을 보태는 일이었고, 둘째는 사회적 대화를 활성화해서 투쟁과 교섭을 원활히 함으로써 민주노총의 사회적 영향력을 극대화시켜 무상의료, 무상교육 같은 사회 개혁투쟁에 나서는 일이었다.

뜻을 같이하는 동지들과 함께 지도부를 구성하고 집행부를 꾸려 야심 찬 출범을 하였으나, 극심한 정파적 이해관계의 덫에 걸려 1년 이상을 역풍에 시달려야 했다. 여러 번에 걸친 대의원대회의 유산과 폭력사태 등은 건강한 민주노총의 조합원은 말할 것도 없고, 많은 국민들의 우려를 사기에 충분했다. 안타깝게도 정부마저도 이러한 민주노총의 행태를 보며 대화를 포기함으로써 노·정관계는 최악의 길로 치닫게 되었다.

임기 절반을 지나면서 겨우 내부가 안정되고, 우리 지도부가 지도력을 확보해 새로운 상황으로 접어들어 가려던 차에, 이번에는 내부에서 간부가 비리에 연루된 치명적인 문제가 발생했다. 조직에 대해 무한책임을 지는 합리적인 수습안이 중앙집행위원회를 통해 마련되었지만, 일부 연맹 위원장이나 지역본부장, 심지어는 일부 전임 상근자들까지 나서는 선동적 정파 공격에 민주노총 전체가 입을 치명적 상처를 염려하여 즉각 총사퇴의 결단을 내리지 않을 수 없었다.

힘을 써보지도 못하고 자기 돌부리에 걸려 넘어지고 말았으니 누구를 탓하고 원망하겠는가. 다 내가 덕이 부족하고 지도력이 모자라는 탓이었다.

이렇게 해서 민주노총에서 물러났지만 대부분의 상근 동지들은 아마 나를 다르게 기억할 것 같다. 매주 월요일에 있는 전체회의 때 어색한 표정으로 시를 읽어주던 위원장, 백기완 선생님 말씀처럼 다른 건 몰라도 인간적인 위원장, 그것만으로도 나는 과분하다. 그리고 너무도 부끄럽다.

우리나라의 노동운동 활동가 동지들을 생각하면 정말 마음이 아프다. 그들의 희생으로 만들어 놓은, 요만큼이라도 숨쉴 수 있는 세상을 생각하면 저절로 고개가 숙여진다. 위원장으로도, 개인적으로도, 나는 그들에게 크게 도움을 주지 못했다. 평생 빚으로 안고 살아갈 수밖에 없을 것 같다.

오늘도 나는 나의 삶의 현장이며 운동의 현장이며 투쟁의 현장인 학교에 있다. 수업을 마치면 부끄러움에 온몸이 떨린다. 그리고 현재 내가 있는 이 자리가 가장 귀하고 중요한 나의 자리임을 확인한다.

새 삶을 시작한 지 얼마 되지 않은 3월 초 어느 날, 출근해서 잠시 명상하면서 이런 글을 썼다.

황사 날리는 아침 출근길
칙칙한 도회의 지하철이 갈겨놓은
한 덩이 배설물로
훠이 훠이
청파동 언덕길을 오른다
잿빛 비둘기 몇 마리
지난 밤 어느 놈이 토해논
얼어붙은 토사물을
신나게 쪼고 있다
밟을 듯 옆으로 지나가도
도망가거나 날아오르기는커녕
거들떠보지도 않는다
참 염치도 없다
교문을 들어서며
아이들에게 오늘 하루
염치없는 교사는 되지 말아야지

한다

　복직 축하한다며 밥 사주러 왔다가 넘겨받은 엉터리 글을 정
성스레 읽고 좋은 출판사에 넘겨준 고광헌 선생님, 말도 안 되
는 글 읽어주고 평까지 써준 언제나 존경하는 도종환 선생님께
감사를 드린다.
　죽도록 아이들을 사랑하였던 고 전성하 선생, 오늘도 학교
현장에서 교육노동에 온 몸을 바치고 계신 전교조 조합원을 비
롯한 이름 없는 선생님들, 평등 세상·통일 세상을 앞당기기 위
에 온 몸을 던져 희생하고 있는 노동운동 활동가 동지들과, 땀
흘려 일하는 이 땅의 모든 노동자들에게 이 보잘 것 없는 글을
바친다.

2006년 봄 선린 인터넷고등학교 상담실에서

이수호 시집

나의 배후는 너다
ⓒ 이수호 2006

초판 발행 : 2006년 5월 5일
초판 2쇄 : 2006년 5월 15일
지은이 : 이수호

펴낸이 : 박경애
펴낸곳 : 모멘토
등록일자 : 2002년 5월 23일
등록번호 : 제1-3053호
주 소 : 서울시 마포구 공덕동 242-85 2층
전 화 : 711-7024, 711-7043
팩 스 : 711-7036
E-mail : momentobook@yahoo.co.kr

ISBN 89-91136-10-9 03810

잘못된 책은 구입하신 곳에서 바꿔드립니다.